율현재를 떠나며

시와소금 시인선 167

율현재를 떠나며

초판 1쇄 인쇄 2024년 04월 10일
초판 1쇄 발행 2024년 04월 15일

지은이 박광호
펴낸이 임세한
펴낸곳 시와소금
디자인 유재미 정지은

출판등록 2014년 1월 28일 제424호
발행처 강원 춘천시 충혼길20번길 4, 1층 (우 24436)
편집 · 인쇄 주식회사 정문프린팅
전화 (033)251-1195 / 휴대폰 010-5211-1195
전자주소 sisogum@hanmail.net
ISBN 979-11-6325-076-0 03810

값 14,000원

시와소금 시인선 · 167

율현재를 떠나며

박광호 시집

시와 소금

박광호 시인

- 황해도 은율 출생.
- 연세대학교 법학과 졸업.
- KB국민은행 퇴임.
- 2010년 《문예사조》 시 부문 신인상 당선으로 등단.
- 시집으로 『옛집의 기억』 『내 안의 강물』 『모란이 피면 벙어리도 운다』가 있음.
- 2016년 '2018평창동계올림픽' 성공개최 기원시집 『시인, 평창을 노래하다』에 전 한국시인협회장 오세영 시인 외 241명과 함께 참여.
- 현재 양평 문인협회 회원, 두물머리 시문학회 고문.

- 이메일 : ph3490@naver.com

| 시인의 말 |

아직도 못다 운 그리움이 남았던가
얼마나 더 마음 설레어야
망각의 강기슭에 닿으려나
창문에는 푸짐한 달빛이 한창 밀물인데
나는 아직도 미련을 못 버리고
한밤을 지새워 시와 씨름 한다
늦게 찾아온 시에 빠져 허우적거리다
네 번째 못난 자식을 낳고 말았다
토기처럼 질박하고 절의 풍경처럼
유현한 소리를 내는 시를 쓰고 싶었지만
찰라를 흔드는 저 영혼의 소리를
내 어찌 탐 할 수 있단 말인가
다만 그리움의 씨앗 하나
내 순정의 텃밭에 뿌리려하네
나의 시혼이 깊은 겨울밤에도 얼지 않고
발갛게 설레이는 이름으로 남았다면
그건 한 번 더 날아오르고 싶은
나의 꿈이라고 생각하시라

2024년 봄밤에 栗峴 씀

| 차례 |

| 시인의 말 |

제1부 윤사월

제2부 성문 씨의 나들이

제3부 율현재를 떠나며

제4부 시인의 눈물

▌나의 시작 노트

제 1 부

윤사월

윤사월

하도 배고파
허리띠 졸라매다
술찌개미* 먹고
진달래처럼 취했다

들녘엔 아직 덜 익은
보리 이삭뿐
애틋한 한숨에
뻐꾸기 울면
사월이 꽃보다 서러웠다

봄길 어찔어찔 걸어가면
하루해는 길고
내 유년의 보릿고개는
장천재보다 높았다

* 술찌개미 : 술을 걸러 내고 남은 찌꺼기

달궁

살아선 별을 딸 수 없고
죽으면 꽃향기
맡을 수 없다지만
장대만 있으면
별을 딸 수 있는 마을이 있다
지리산 반야봉 아래 달궁
그 곳에선 강아지도 별을
물고 다니는 별천지다
심원 계곡에서 흘러 온
맑은 물이 마을을 보듬고
별만큼이나 감나무가 많은
하늘 아래 첫 동네
순한 짐승으로 태어 난 사람들
봄이면 고사리 산나물 뜯고
가을이면 약초 캐고 열매 따
아들 낳고 딸 낳고
도란도란 살다
이승의 삶이 다하면

노을이 곱게 물든 저녁
뒤란 감꽃이 지듯 떨어져
앞산 진달래 밭에 잠든다

벌교 꼬막

제석산 자락에
쑥부쟁이 향기 물큰한
늦가을
벌교를 찾았다

여자만汝子灣 갯벌에서
달을 품고 몸살 앓은
참 꼬막이 반긴다

밥상에 오른 꼬막찜의
짭조름하고 쫄깃한 맛
그리고 촉촉한 육즙이라니
음식이 시가 될 수 있다면
바로 이 맛이 아닐까

속 배추에 빨간 통고추를
돌확에 갈아
꼬막 살을 버무린 야채 무침도

그 맛이 상큼하고 오묘하다

혹여, 남도 풋 가시내
도화 빛 가슴 헤치고
채 벙글지 않은 꽃봉오리
백자 빛듯 다독여
순수 몇 방울 떨군 건 아닌지

엄마의 발톱

이순의 나이가 지나니
발톱 깎는 게 쉽지 않더군
발목이 잘 구부러지지 않고
손톱 깎기도 힘이 없어
자꾸만 비끄러졌어
가죽만 남은 엄마의 작은 발목을
쥐고 발톱을 깎아드렸지
참 좋아하시더군
어릴 적, 폴짝 폴짝 깨끔발로
사방치기를 하던 귀여운 발
시집온 후 엄마는 평생
우리 집 들보를 이고 걸으시느라
발톱이 다 닳으셨어
나는 수그려 엄마의 발톱을 깎고
엄마는 흰머리가 더 많은
내 머리를 쓰다듬으셨지
난 아이마냥 큼큼
엄마 냄새를 맡았어

엄마 무릎에 누워
갈그락 갈그락 귓밥을 파던 기억
뜰엔 모란이 피고
부엉이 우는
무서운 밤을 생각하며
난 까무룩 잠이 들었어

누이야! 청산 가자

누이야 청산 가자
봄 나비 너도 가자
재 너머 청노루도
함께 떠나자

세상 번뇌와 시름
까마득히 잊고
산새가 훨훨
깃을 치는 청산에
너와 손잡고 오르면
훠어이 훠어이
목이 쉬도록
그리운 사람을
부르리라

누이야 청산 가자
뻐꾸기 우는 골마다
참나물 취나물 잔대

삽주 고사리 미나리싹
봄 향기 가득하고
소쇄한 바람이
머루 다래 살찌우는
청산이 나는 좋아라

누이야 청산 가자
한 마리 사슴처럼
날렵한 모싯대
종아리 종종대는
네가 사
메아리 함께 머물면
청산도 좋아라
너울 너울
춤을 추리라

구북리 별밭

구북리 별 밭으로
가는 길은
반딧불이 동무하고
밤새가 구구구
내 속을 울어준다

청옥산이
쏟아지는 별을 모아
밭을 일군 곳
은핫물 굽이굽이
한 자락 끌어다 불 밝히고
시인 학교를 열었다

슬픔은 별 무리가 가르치고
고독은 초승달이 가르치고
음률은 소쩍소쩍
소쩍새 담당이다
몇 소절은 핏 자욱이 아련하다

가슴에 박힌 사랑의 별 하나
상처로 응어리져
한생을 방황하는 사람
누구나 다 와서 시인이다
별빛으로 영혼을 씻으면
아픔도 곰삭아 추억이 된다
아릿한 그리움이 된다

이밥나물

이밥나물은 이 땅에
가난한 백성들 염원을 담아
머리 위에 하얀 쌀밥을 지었다
한 해 서되 쌀도 못 먹고
꽃이 지듯 눈물 아른 아른
후살이 간 누이야
너의 댕기 머리 닮은 이밥나물
절골 계곡마다 쏙쏙 올라왔다
날렵한 모싯대 종아리 종종 대며
가슴 설레이게 하던 너
아! 아 한 마리 멧새처럼
포로르 날아갔구나
너와 함께 찔레순 빼꾹채 싱아를
꺾어 먹던 날이 그립다
허리띠 졸라매도 배가 고픈 걸 어쩌랴
초근목피 모진 세월
피똥 누던 누이야
이밥나물 나왔다

골마다 살 오른 산나물 뜯어
좁쌀 죽이라도 쑤어야지
청산에 올라
훠어이! 훠어이!
배곯아 죽은 서러운 영혼들
다 불러 모아
청솔가지 불 지피고
무지개 송기떡이라도 빚어야지

송기松肌떡 : 소나무 속껍질을 벗겨 싸라기나 보리겨 등을 섞어 떡을 빚어 먹던 구황 음식

구월이 오면

구월이 오면
구월이 오며는
난 벼이삭이 찰랑대는
가을 들녘을 걸으리라
소쇄瀟灑한 바람이
잠자리 떼 몰고 와
길을 안내하고
청명한 하늘 아래
고독한 가을이
은빛의 갈대꽃으로
허리에 휘청이면
나는 당신이 차려 준
만찬을 마음껏 즐기며
그 풍성한 은총을
노래하리라

구월이 오면
구월이 오며는

난 라이너 마리아 릴케의

가난한 시를

밤을 밝혀 읽으며

기도하리라

세상의 모든 열매들이

당신의 자비로

마지막 단 맛이

들게 하시고

가을이 외로운 사람들은

다시 사랑하고

마음껏 그리워하게 하소서

이제는 모든 시련이

아픔이 아니라

새로운 환희이게 하소서

장미

오월의 장미
그 농염한 자태
열정적인 춤사위로
저 깊은 심장까지
다 드러내 놓고
나를 보라 한다

눈부신 신록 속에
홀로 붉은 너의 오만
줄리엣 보다 깊은 연정
가슴에 품고
가시 면류관이라도 쓰리라

초여름 향기 묻어나는
언덕에서
그대 이름 부르다
서슬 푸른 가시에
살점이 찢기면

선혈 낭자한
또한 송이 붉은
사랑을 꽃 피우리라

자화상

날더러 뭐하고 살았냐고
닦달하면 할 말이 없다
그냥 부질없이 늙었다고
살다 보니 흰 머리가 늘었고
놀이터에 쪼그려 앉아
아이들 조잘대는 소리나 듣는
늙은이가 되었다고
몰골이 사나워
낯익은 동네 개도 슬슬 피하는
늙은이가 되었다고
남처럼 치열하게 살지도 못해
사람 모이는 데 가면
자랑 할 것이 없어 늘 주눅이 든다고
어쩌다 손주 자랑이라도 하려고
끼어들면 할멈 핀잔을 먹는다고
그래도 뭐하고 살았냐고 물으면
삶의 고단함, 외로움 잊으려
슬픔을 만들며 살았다고

고독을 키우며 살았다고
헤진 사랑을 꿰매며
한 사랑이 오리라 꿈꾸며 살았다고

모란이 피면 벙어리도 운다

고향집 이웃에
벙어리 누나가 살았다
그녀가 샘가에 물 길러 가면
동네 아낙네들
물동이 일 생각도 않고
쯧쯧 인물이 아깝다고 혀를 찼다
열사흘 차오르는 달 마냥
피어난 얼굴이 텃밭에서
막 딴 오이 향처럼 상큼했다

어느 날 그녀가
손짓으로 불러 가보니
밤새 헛간 옆에 모란이 피었다
뉘를 향한 그리움이기에
저토록 붉을까
아으아으 그녀가
무슨 말을 하려다
답답한 듯 주먹으로

봉긋한 가슴을 쥐어박았다

서역 만리 꽃길 걸어오는
임의 발자취인가
기다려 마음 졸여
꽃물 배인 치마 자락에
모란당초 수라도 놓고 있었나
언뜻 그녀의 눈에
이슬이 맺혔다
모란이 피면 벙어리도 운다

청보리밭 노고지리

— 문우 강경상 님을 보내며

봄은 꽃이 피는 줄만 알았지
꽃이 지는 줄 몰랐습니다
그것도 후드득 후드득
눈물로 지는지 정녕 몰랐습니다
우리네 삶이
다 모르고 가는 길이라지만
가다보면 꽃도 피고
벼랑도 있다지만
이 무슨 청천벽력입니까
님께서 이리 황황히 떠나시다니
언젠가 첫사랑과 인연지어
생각나는 꽃을 물었더니
가을 들녘에 핀
코스모스라고 하시던 분
이 청명한 오월을 두고
어찌 눈을 감으셨습니까!
생황의 울림만큼이나
고아高雅했던 당신의 삶

이제 이승의 멍에 다 벗으시고
홀가분한 영혼 되어
징게맹개* 외애밋들
청보리 밭 노고지리로
청람 빛 오월 하늘 높이 솟아
진달래 곱게 피는 망해사 넘어
어청도 앞 바다로 훨훨 날으소서!
자유로이 날으소서

* 징게맹개 : 김제 사람들이 자기 고장을 정겹게 부를 때 즐겨 사용하는 방언

감잎만 하여라

가을은 설렘과
그리움으로 밤을 밝힌다
존재의 무게와
깊이가 느껴지고
지나 온 삶의 회한이
잠 못 들게 한다

가을 뜨락에 뒹구는
인생의 조락凋落들아!
감잎만큼만 곱게 물들어라
사랑을 앓을 때
노을빛으로
곱게 물든 감잎의 순정

감나무 끝가지에
눈물 그렁그렁
매달린 까치감 하나
외로워서

그리워서

너무 적막해서

해 질 녘

저녁 소처럼 울었다

동짓날

재 너머 보리밭에
풍산의 눈이
펄펄 내리는 저녁

가끔 삵이 내려 와
닭을 물고 가는
산촌의 겨울 밤
사랑방 아궁이에는
타닥 타닥
청솔가지가 타오르고

뜨끈한 아랫목에서
눈매가 초롱불 닮은
오누이가
할아버지를 졸라
도깨비 나는 산막 골
이야기를 듣다
너무 무서워 이불 속을

자맥질하던
긴 동짓날 밤

두메는
동화처럼 행복하고
함박눈이
소복소복 쌓이는
싸리울 골목에서
밤 개가 짖는다

애호박

재래종 조선호박 넝쿨이
싸리울 넘어
애호박이 열리는 때가
중복이 지날 무렵이지
옥수수가 익을 무렵이지
뒤 안 장독대에 봉숭아 피고
풋감에 살이 오를 무렵이지
밤하늘 별자리가 수상하니
견우직녀가 만날 무렵이지

쪽쪽쪽 쪽쪽쪽
머슴새 우는 저녁
엄마는 헛간 지붕에 달린
청옥빛 애호박을 따
갓 빻아온 햇 밀가루로
칼국수를 만드시었지
속살 야들 야들한
곰념 갯벌 바지락에

애호박 고명을 얹으시었지

사랑도 호박벌처럼
붕붕거리지만 말고
애호박 따듯이
여릴 때 얼른 집어 따야
내 것이 되지
내 사랑이 되지

석류

초여름
칠불암 아랫마을
돌담장 정원에서
내가 꽃을 피웠을 때
뜰 안엔 장맛 들이는
햇살이 가득했습니다

어느 날
누가 날 더러
석류라 불러 주었을 때
처음 무지개를 보았고
가슴은 울렁울렁
징이 울었습니다

뭔 사랑이 그래요
외롭고 슬프고 아프고
고해하듯 살다 보니
어느새 가을이네요

잘 익은 설음 하나 빼개니
가슴 가득
붉은 보석입니다

진달래 순정

봄이면 꼭
언약처럼
진달래가 피었다
무슨 기억처럼
사람들 가슴마다
발갛게
선불 질러 놓았다

저 여자!
아들 셋을 모두
뒷산에 묻었나
그러기에
진달래가
저리 애터지게 피고
두견새 울음도
피를 토하지

어머니 밥그릇

피난 시절 어머니는
주린 배 허리띠 졸라매고
진종일 땅을 파 품삯으로 받은
보리쌀 두 됫박을
두 홉씩 나누어 종이 봉지에 담으셨다

아침 밥상에 어머니 밥그릇이
흉내만 내고 텅 비었다
냉수 한 사발로 빈 배 채우고
일터로 가실 어머니
보리밥이 깔끄러워 넘어가지 않는다
우리 남매는 서로 눈짓하고
둘 다 수저를 놓고
배부르다 핑계대고 밥을 남겼다
된통 매만 맞았다
어머니도 우시고
나도 눈물로 밥을 말아 먹으며
꺼억 꺼억 울었다

어머니표 참기름

등 굽은 어머니
돌담 뙈약 볕 아래
깨를 터신다
자식 보다도
당신의 노년을 지탱해준
지팡이로 탁탁 깻단을 두드린다

추석 지내고
고향집 떠나 올 때
어머니가 소주병에 담아
신문지로 싸주신 참기름 한 병

다 닳은 손금으로
감 돌배나무 함께
홀로 고향 지키시는 어머니

고샅길 동구에서 서성이던
외로움이 발효 된

'어머니 표 참기름' 한 병은
모두 땀방울이다
모두가 어머니 눈물이다
깨가 서 말이면 땀이 서 말이다

고흥

고흥 반도에
봄바람 불어오면
그 살랑 살랑한 향기에
온전한 사람도 미치고 만다

새들의 울음에 교태가 느껴지고
여우같은 봄바람이
바람 난 가시나처럼
나풀나풀 득량만 건너 와
샛노랗게 유채꽃 흩뿌리고
팔영산 자락에 진달래 꽃 피우면
순한 짐승 일수록 빨리 미친다

공연히 머리에
유채꽃 몇 송이 이고
파릇한 마늘밭 고랑 달리며
봄이 왔다고 노래하는
길례가 들녘에 나타나면

아! 벌써 봄이 왔나
농부들 그제야 허리 펴고
먼 산 아지랑이 바라본다

* 길례 : 고흥 출신 화가 겸 수필가 천경자 씨의 글과 그림에 나오는 영혼이 순수한 미친 여자. 천경자는 자신이 곧 길례라고 고백했다.

선자네 주점

민들레
다문다문 피어 있는
선자네 앞마당에
들어서면
허허허 호호호
웃음꽃 핀다

기웃해보면
머루 빛 쪽마루에
개다리소반
쭈그러진 냄비 하나
볼 족족한 노인
대여섯이 둘러 앉아
동네 개울에서 잡아온
피라미 매운탕으로
술을 마신다

선자 시집보내고

혼자 사는 안노인
누가 안주감만 가져오면
반기며 냉장고에서
소주병 꺼내
뚝딱 술상을 본다

별을 쓸다

눈 그림자 창호에 어려
잠 못 들고 뒤척이다
신새벽 일어나 밤새 내린
눈을 쓴다

하늘 가득 별이다
유난히 맑고 푸른 별들
저건 무슨 별
저건 또 누구 별
하나 둘 별을 헤아린다
알퐁스 도데의 별도
일찍 가버린 작은 누이 별도

외롭고 슬픈 밤이면
더 많은 별이 뜨고
사람들은 저마다 가슴에
별 하나 품으며
사랑도 하고 이별도 한다

저 별 한 무리 쓸어 담아
시로 잘 버무리면
짠한 그 맛 알 수 있을까

나무도 부처다

큰절 가까이 있는
나무들도 설법을 한다
참나무는 참아라 하고
대나무는 비우라 하고
소나무는 깨달아라 한다
깨달음이 없이
어찌 대추나무 목탁이
저리 유현하게 울리겠는가
깨달음이 없이
소나무가 한겨울을
옷 한 벌도 없이
저리 푸르게 지내겠는가
아무런 생각 없이
어찌 목리가 저리 고운
낙락장송이 되었겠는가
용문사 은행나무는
천년을 묵언 정진하더니
해인에 들어 침묵을 가르친다

향일암 동백

오매! 어째야 쓸까
관음전 추녀 아래
자지러지는 저 열꽃을
떨어지면 천 길 푸른 물결
사랑에 목매단 영혼들
더 이상 갈 곳 없어
발갛게 타오르는 정염
별빛에 사르고
금오산 가파른 절벽 위
선홍의 꽃으로 피었다,
순결한 앵혈 몇 점
남해 바다에 진다

만두

설에 모인 가족이
둘러 앉아 만두를 빚는다
어머니 만두는
날아 갈듯 한 외씨버선
아내 만두는
수줍게 떠오른 반달
누이 만두는
매화 꽃피는 복주머니
모양도 제각각 민주주의다

만두는 평화의 음식
김치 숙주나물 두부
당면 다진 고기가
한 이불 속에 나란히 누워
서로 살을 보듬으며
깊은 맛을 우려낸다
한 해의 고단한 삶도
도란도란 정을 나누듯

만두피 속에 담는다

밖은 눈발 날리고
따끈한 방에
오순도순
우리를 둘러앉게 하는
만두는 두레밥상이다
탕평책이다

봉숭아 물들인 여자

봉숭아 꽃물들인
여자를 보면
사랑하고 싶다

가끔은 웃을 때
입을 가리는 여자
창호지 문 갓 통과한
햇살의 아련한 관능
호박琥珀빛 그리움으로
발갛게 물든
그녀의 여린 약지와 만나면
가슴은 대책도 없이 설렌다

그녀의 손톱에
하얗게 반달이 뜨면
꽃은 달을 품고
여름내 달구어진
응어리를 푸는데

꽃물보다 더 진한
그녀의 향기는
어느 영혼이 간밤에 꾼
헛간 초가지붕 위
하얀 박꽃 사랑이다

진달래꽃은 붉어라

삼동을 인내하고
온 동네 산마다
혼불 타오르듯
붉게 붉게
피어오른 꽃
누님!
누님이 다 피우셨지요

우리 동정童貞의 누이들이
산이 좋아 산으로 가
이승의 검은 머리 풀고 잠든
진달래밭
꽃 속에 얼룩 몇 점은
누구의 눈물입니까

진달래꽃 따다
날 저물던 봄
아! 진달래꽃은 붉어라

꽃잎 먹은 설움이
노을처럼 붉어라

무명의 시인

난 이름 없는 시인입니다
평생 시를 사모하다
이순이 지난 어느 날
처음 시가 찾아 와
환희에 몸을 떨었습니다

시에 전문 지식이 없는 나는
그저 겸허한 모국어로
시를 쓰기 시작했습니다
시인들이 모여
무논 개구리처럼
와글와글 울어대지만
그들만이 사용하는
저마다 방언으로
울어대기 때문에
난 홀로 외롭습니다

쉬운 말도 어렵게 뒤틀어야

시답고, 난삽難澁하고 추상적인
언어를 사용해야
시인으로 인정하지만
그래도
내가 좋아 시를 쓰고
나 혼자 시인입니다

추회追懷

추운 겨울밤에도
발갛게 얼지 않고 설레는
그리움이 있습니다

눈 내리는 저녁
누군가 문밖에
두런거리는 소리
떠난 사람 못 잊어
가슴 한 모서리
불꽃으로 태우다
밤새 눈길 헤매는
어느 영혼이 있습니다

긴 겨울밤에도
발갛게 얼지 않고 설레는
이름이 하나 있습니다

모과

못난 놈들끼리
만나면 더욱 반갑듯이
모과는 못생길수록
향이 짙고 정이 간다
화엄사 대웅전
돌계단 아래 모과는
눈부신 가을
지리산 정기로
한창 여물어 가는데
파르라니 깎은
울퉁불퉁 못생긴
스님의 머리를 닮았다
둘 다 안으로
용맹정진 중이다
속살 단단해지고 있다

선암사 매화

꽃등 개살구 빛이
오십 리를 간다 해도
매화 한 송이와
안 바꾼다는 옛말이
운수암 가는 길 담장
백매 홍매를 보며
깨달음이 이마를 친다

원통전 뒤 청매 한그루
향기는 승선교 지나
동구에 이르고
연륜이 번뇌로 남은 줄기
아득한 세월 넘어
중생의 염원 전한다

꽃망울 가지마다
이슬로 맺힌 그리움
오지항아리 속

뽀그르 술 익는 소리에
귀 밝은 매화가 벙글고
조계산 골바람
선방 툇마루에
화르르 화르르 꽃잎 날리면
고승은 바랑 지고 산문 나선다

김종삼의 애니로리

묵화墨畵의 시인 김종삼
죽어가는 순결한 아이를 두고
애니로리를 노래했다
드뷔시와 말러를 좋아했던 시인
술과 음악이 있으니
삶은 그런대로 견딜만했다
내용 없는 아름다움의
실체를 고뇌하며
북 치는 소년을 썼다
스스로 삼류를 자처했지만
그는 가장 순수한 시인이었다
말년이 지독하게 가난하여
술자리가 생기면 통음을 했다
연락 받고 달려 온 딸아이에게
의지하여 시내버스에 오르면
시인은 선채로 흔들거리며
애니로리를 불렀다
평생 딱 한번 여인을 사랑했다

남해 어느 선창에서
오징어 한 축을 사
밤새 둘이 씹어 먹고 헤어졌다
그녀와 이별 후
죽을 것만 같았다고 고백했다
늦은 귀가 길 그의 손에는
늘 신문지로 싼 소주병이
저승사자처럼 들려있었다

가을 편지

가을 소식 전하려
발갛게 물든
단풍잎에 새기다
몇몇 소절에
아른 아른
눈물 배었습니다

가을 소식 전하려니
마음이 아파
그냥 이대로
소식 없이
살자 했습니다

제 2 부

성문 씨의 나들이

봄바람

아지랑이
들녘에서
누가 날 찾거든
달래 냉이 캐다
매화향이 그리워
봄바람 따라
남도로 먼저
길 떠났다
전해주시게

진달래

삼 년 가슴앓이하고
누이가 죽던 날
뒷산 언덕바지 진달래
가슴을 열었다

죽어 진달래 핀 언덕에
묻어 달라던 누이는
해 저물녘
살피재 골짜기
먼 뻐꾸기 소리로 남았다

옛날 옛적
절벽에 높이 피어
수로부인을 유혹하던 그 열정
술에 담그면
쌉싸래한 추억 되고
가슴에 담으면
아릿한 슬픔이 된다

죽어서도 잊지 못할
삶의 순간들
이제는 깊은 강물 되어
한 점 핏빛으로
소리 없이 떠돌다
어느 언덕에서 한 송이
선홍의 꽃으로 다시 피려나

갈대의 침묵

어릴 적 강가 갈대밭은
소년의 놀이 터였다
해 저무는 줄 모르고
개개비 새끼를 쫓다
집으로 돌아오는 길은
저녁노을이 고왔다

어느 날 문득
소년은 강가에 흔들리는
갈대도 노을빛도 슬퍼졌다
끼룩 끼룩 물새 한 마리
강물 위로 날아가고
등교 길에 눈 한 번 마주친
홍시 빛 소녀 얼굴이 떠올라
소년은 두 눈을 감았다

은빛 갈대꽃 위에
청옥의 가을이 머문 날

소년은 파스칼의 팡세를
읽으며 훌쩍 자랐다
갈대는 그냥 바람에 쓰러져 눕는
무념의 생명이 아니었다
소년은 갈대의 흔들림 속에
강물이 우르르 우르르 산을 싸안고
우는 소리를 들었다

가을의 노래

가을이 어느덧
잎을 다 떨구고
여린 가지만 남았다

잎이 진 자리마다
화려한 봄을 꿈꾸며
이제 생명을 준비 하는
긴 겨울을 지나야 한다
죽음 뒤에 생명이
온다는 말은
자연의 순리지만
삶이 지난할수록 생의 애착도
그리움도 깊어진다

회색 찬바람이
낙엽을 쓸어가고
쓸쓸한 뜨락에
마지막 하나 남은

단풍잎을 보며
삶의 허무와 이별의 아픔으로
절규하는 그대여

진한 커피 향을 마시며
안나 게르만의 우수가 깃든
'가을의 노래' 를 들어보라
흐느끼듯 호소하는 선율이
먼 곳에서 온
한 통의 편지처럼
그대 가슴을 적시고
따뜻한 위로가 되리라

* 안나 게르만 : 1936년 우즈베키스탄에서 탄생. 러시아에 유학 서정 가곡 성악가로 대성. 가을의 노래 참나무 숲 등 많은 명곡을 남기고 46세의 아까운 나이로 생을 마감했다.

지음知音

한동안 소식 없이 떠돌던
친구로부터 전화가 왔다
지금 내가 보내준 시집을
읽고 있는 중이라며
시 한편을 읽어주었다
시가 찾아오지 않아 힘들 때
그의 전화 한 통이
내 시혼詩魂을 흔들어 깨웠다
유목의 삶 속에 피어난
보랏빛 무꽃 같은 미소
생각하면 가슴이 따뜻한 친구
지금 과수 농장이라며
목소리가 맑았다
학창 시절 친구는
앙드레 말로 작 ‘인간의 조건’
나는 황순원 작 ‘카인의 후예’ 로
독후감대회 상을 나란히 받았다
언제나 보면 반갑고

즐거운 친구
난 생이 다 하는 날까지
지음을 위해
가난한 나의 노래를
멈추지 않으리라

가을

당신이
소슬바람 함께
찾아오지 않았으면
난 외로움을
몰랐을 거여요

외로움이 아니었으면
난 사랑도
몰랐을 거여요
당신이 남기고 간
그리움으로
내 얼굴에 주름이 지고
낙엽이 지고

오늘도 난
결별과 미련이 초초한
저무는 언덕에서
꼭두서니 마디마디

당신을 그리며
서리처럼 늙어갑니다

꽃이 아니어도

꽃이 아니어도 좋다
머리에 서리 내리고
얼굴에 저승꽃이 피었어도
난 지금
한창 마음속 꽃을
피우고 있어
매화도 피우고
진달래도 피우고
모란도 동백도
피우고 있어

떠날 때를 아는
낙엽처럼
우수수 제 몸을 벗고
마지막 단장을
곱게 한 모습으로
꽃의 환희보다
낙엽의 슬픔에

잠기고 싶어

저만큼 와 있는 이별이
서럽지만은 않아
다만 혼자서 가는 길이
외로울 뿐이지

그래도 난 지금이 좋아
바람에 몸을 맡기고
마음 가는 대로 살 수
있으니까
아직도 못 잊을 사람이 있어
그리워하고
가끔 시혼詩魂이 찾아와
가난한 내 영혼을
달래 주니까

노랑목

창을 배우던 열일곱 그 여자
진달래 애터지게 붉던 봄날
사랑을 알아버렸다
그것도 언감생심 소리 선생이라니
꾀꼬리처럼 울지도 못하였다
나오는 소리마다 애절하여
저 년 목도 트이기 전 노랑목이
되었다고 쫓아내 선생의 문하를 떠나
기생학교로 갔다
밤이면 외롭고 서러워
두견새 마냥 피 토하며 울었다
후일 그녀는 소리의 야인이 되어
많은 귀인들이 그녀의 소리를 들으려
남원으로 찾아왔다
어렵사리 마련한 자리에서
나 같은 년이 소리는 무슨 소리 하며
이별가 한 자락을 뽑는데
'가시려오 가시려오

날 살려두고는 못가시리다…'
멍울 같은 한이 가락마다
굽이굽이 넘어 간다
소리에 그늘이 깊고
정한이 삭풍에 문풍지 울듯
가을밤 솨르르 솨르르
가랑잎 굴러가듯
한스럽고 삭연索然하여
듣는 사람의 영혼을 흠뻑 적신다

* 노랑목 : 소리를 배울 때 목이 트이기 전 나오는 애절하고 간드러진 소리로 본 시는 송기원 소설 '노랑목'에서 이미지를 가져옴.

성문 씨의 나들이

평생 허리가 휘도록
논두렁에 엎디어
등짝이 다 타도록
물꼬 막고 피사리 하다
무논에 산그늘 지면
소먹이 풀 한 짐 지고 와
고단한 몸 뉘인다
형님이 팔아먹은
앞벌 옥답 되 사려고
살던 집까지 팔고도
불편한 내색 한번 안하시던 분
그저 커다란 눈에 번지는
허심한 미소로 속내를 대신했다
죽어 염라대왕 앞에 가
양평서 왔다고 하면
용문산 은행나무가
얼마나 크더냐고 묻는다는데
이 나이 되도록 지척에 있는

용문사 문턱도 못 넘어 봤으니
큰일이라고 걱정 하시던 분
평소 소원이던 용문사 은행나무
구경은 시켜 드린 후
훨훨 산자락을 오르셨으니
지금쯤 저승에서 잘 지내고 계시겠지

스와니강

시 한 줄 써 보려 하나
가슴이 열리지 않는다
이럴 때 머나 먼 저 곳
스와니강을 불러 본다
닫힌 마음 조금 열린다

추억의 스와니강
중학교 입학해 처음 배워
학우들과 강가 언덕에서
함께 부른 노래였다
푸르른 꿈도
단발머리 소녀도 있었다

긴 세월 지나
이마에 주름 깊어도
난 못 잊겠네
스와니강

유월의 노래

보리피리 꺾어 불다
청보리 언덕
고향집 그리워
필 릴리 필 릴리

보리피리 꺾어 불다
가신 임 그리워
필 릴리 필 릴리

보리피리 꺾어 불다
배고픈 날 해 길다
필 릴리 필 릴리

보리피리 꺾어 불다
남도 보리밭 길
바람 따라 구름 따라
필 릴리 필 릴리

가래울 머슴새

소리만 있고
모습은 없는 새가 있다
몰래 숨어 우는 새 소리가
남들은 쯧쯧쯧 머슴이 소 부리는
소리로 들린다지만
내게는 쪽쪽쪽
입 맞추는 소리로 들린다

주인 대신 관아에 끌려가
억울하게 매 맞아 죽은
상머슴 천서방 넋이
보리이삭 여물 무렵
어둠이 내리면
가래울 골짜기 타고
몰래 마을로 내려 와
쪽쪽쪽 쪽쪽쪽 슬피 운다

장가들어 단꿈도 깨기 전

이승을 떠난 천 서방
평생의 삶이 너무 억울해
차마 저승길 떠나지 못하고
남 다 자는 밤이 오면
새색시 순녀가 목매고 죽은
뒤울안 살구나무에 와
쪽쪽쪽 쪽쪽쪽
밤 깊도록 슬피 운다

가을은 소리로 온다

평소 안 들리던 소리가
가까이 들리면
가을이 오는 거다

뜰 앞에 나서
북천北天 하늘에
별들을 헤노라면
풀 섶에서 까맣게 몰려오는
풀벌레 소리들
어디선가 툭툭
산과山果 떨어지는 소리에
마음 설레어
단잠을 설치지만
그게 다 그리움 때문만은
아니다

깊은 밤
솨르르 솨르르

낙엽이 흩어지고
끼룩끼룩 철새들의
날개 짓에 하얗게
무서리 내리면
옷깃 여미고
고독 이별 눈물 등
폐허로 남은
추억을 반추하며
홀로 갈대의 통곡 소리
듣는다

동백의 순정

추울수록
타오르는 정화
적막한 인동의 세월
오기 하나로 견뎌 낸
너의 순정
그 누구를 사모하기에
꽃잎이 저리 붉고
사람들 가슴 마다
선불을 질러
마음 설레이게 하는가

한겨울
폭설 내리는
남도 어느 포구에
동백은 외로이 피어
그 지고한 사랑이
꽃이 지듯
붉게 떨어지다

먼 바다의
노스탤지어가 되었다

순애야! 놀자

난 '순애' 란 이름이 좋다
우리 엄마 아명이니까

어릴 적 엄마 손 잡고
외갓집에 갔을 때
외할머니가
순애야 하고
엄마를 부르는 것을
처음 들었을 때
너무 신기해
나도 한 번 불러 보고 싶어
집으로 오는 길에
순애야 하고 불렀다
된통 꿀밤만 먹었다

말이 없으신 아버지 대신
나에게 등을 기대고 사신 어머니
당신의 가슴 속 외로움이

이리 깊은 강물로 흘렀음을
나는 미처 몰랐다

돌아보면
어머니 눈물이 나를 키웠다
당신의 눈물은 가장 순수한 언어
슬퍼도 펑펑 울고
기뻐도 펑펑 울었다
손주를 안을 때도 눈물이었다
눈물쟁이 순애야! 나하고 놀자
마당에 나가 사방치기 하며 놀자

김치찌개

어머니 만월 사랑으로
물려주신 김치찌개
평생 먹어도 물리지 않는다
눈발이 펄펄 날리는 저녁
어머니는 젓갈이 없는
슴슴한 이북식 김치를
김칫광에서 꺼내 숭숭 썰어 놓고
곳간 벽에 걸어 논 구럭에서
돼지고기 몇 점을 내려
김치찌개를 끓이시었다
잘 익은 김치가 냄비에서
보글보글 끓기 시작하면
부엌의 찬 기운이 아지랑이처럼
몽글몽글 피어오른다
깊고 그윽한 맛이 우러난
김치찌개 밥상을 받으면
온 가족이 행복하다
서로 숟가락 전쟁을 하다보면

까짓 가소로운 세상
마음속 꽝꽝 얼었던 매듭들이
어느새 스르르 녹는다
한겨울 추위와 고뿔도 거뜬히 넘긴다

엄마의 꽃밭

나 여기 누워 있으니
참 편고 좋아야
저 청산 계곡 물소리
얼마나 시원 하냐

엄마의 꽃밭에
봉숭아 백일홍 과꽃대신
망초 엉겅퀴 쑥대만 가득하다
엄마 미안해 자주 못 와서
걱정마라 아범아
내 생전 꽃밭 가꾸길 좋아했잖니
이게 다 내가 키우는 거란다
저기 봐라! 나리꽃도 피었고
너와 손잡고 외갓집 가는 길에 본
노오란 민들레도 있잖니
가끔 노루도 재 넘어 놀러 와

자줏빛 바늘 꽃잎이 예뻐

엄마가 좋아 하시던 엉겅퀴
그래도 오늘은 뽑아야겠어요
칡넝쿨이 넘보지 못하게
추석 전에 다시 올게요
살다 힘들면
엄마 봉분 뒤에 와 숨을래요

적멸寂滅

어제는 까마귀 울더니
오늘은 청산에 눈 내린다

저 흩날리는 낙화
분분한 아우성
휑한 마당 질러
안산 너머로 걸린
한 세상 슬픔
하얗게 눈 내려 덮이는데

꽃이 지듯
이승의 숨결
고즈넉이 풀어 놓고
나 이제 겨울로 가
한 줄기 청솔 바람이나 될까

봄밤

봄비 섬섬히
내리는 소리
잠 못 들어
뒤척이면
운곡암 계곡에
하나 둘 꽃이 핀다

얼레지 노루귀 바람꽃
현호색 피나물 제비꽃

어머니 반짇고리

기워도 기워도
허기지는 그리움
어머니 반짇고리

등잔불 가물거리고
저녁 눈 내리는
먼 유년의 밤
어머니 발갛게 등피 너머
심지를 돋우신다

싸르릏 싸르릏
눈은 내리고
술추렴 가신 아버지
안 오시려나
깊은 밤 어머니 홀로
색실 물은 바늘
매화 골무에
찔린 마음 다독이며

수틀 위에 한 땀 한 땀
세월을 수 놓으신다

외솔 위 목이 긴
단정학 두 마리
솔바람도 푸르다*

* 정희승 수필 「수틀 위의 기억」에서 인용.

방우

삶이 외롭고
누군가 그리울 때
바랑 하나 걸치고
홀로 훌쩍 떠나
동해안 따라 가없이
눈 속을 헤매다
어부들 노랫소리
자란자란한
어화등漁火燈 붉은
어느 눈 내리는 포구
주막집에 들어
나무하고 물 긷는
방우가 되어도 좋다

밖엔 연신 눈이 내리고
손님 없는 고적한 주막
나어린 술집 여자 순이가
아재 아재 날 부르면

그녀의 방에 장작불 지펴주고

그녀가 폭폭 한숨지으면

같이 화투라도 치고

그녀가 외로워

홀짝 홀짝 눈물 흘리면

소주 잔 기울이며

남녘 어디가 고향이라는

그녀의 슬픈 사연을

밤새 들어주고 싶다

* 방우 : 경북지역 방언으로 나무하고 물 긷는 등 허드렛일하는 나이 든 머슴

대설

소백산 자락 오지 마을
서리처럼 늙은 내외가
마주보며 사는 오두막에
한 겨울 눈에 갇히고 싶다

눈이 펑펑 내려
쌓인 눈이 싸리울 넘어
지붕 처마에 이르고
마을길이 온통 사라져
눈을 퍼다 밥을 짓는 마을

눈 내리는 저녁이면
앞산이 성큼성큼 다가오고
시래기 몇 두름으로 겨울을 나던
매캐한 아궁이에 마주 앉으면
청솔처럼 타오르는 정
그까짓 시름이야
일렁이는 불속에 던져 버리고

고래 깊은 방 아랫목에서
군고구마 동치밋국 마시며
고담古談처럼 살아 온
할머니 옛 이야기나 들어야겠다

별 하나의 슬픔

신이 별을 내실 때
인간에겐 슬픔을 주었다
어릴 적 외로울 땐
밤하늘 총총한
별을 보며 울었다
마음 슬픈 저녁이면
밤하늘 가득 별이 뜬다
슬픔 뒤에 반짝이는
눈물 몇 방울은
신이 내린 영혼의 보석
슬플 때 울고
기쁠 때 울고
사랑 할 때 울어라!

그믐달 그 여자

그녀는
잊혀 진 추억
아린 그믐달이다
말 수가 적고
달빛 배인 얼굴은
무늬조차 은은해서
한 번 취하면 달처럼 기운다
슬픔이 수레가득 이어도
그저 허허롭게 웃고 사는
너무 착해서 화가 나는 여자
호수처럼 깊은
그녀의 눈동자에는
한 마리 백조가 외롭다
한창이 지난 그녀의 몸피는
어느새 그믐달로
사위어 가지만
꽃이 지듯 애련한
자태가 눈물겹다

달 기우는 소리 들리더이다

낙엽 지는 밤
뒤란 장독대 위로
사각 사각
무서리 내리는 소리
귀에 들리면
당신은 정녕 시인입니다

산촌에 후드득 후드득
알밤 떨어지는
적막한 밤
총총한 별무리들
소근 거리며 흘러가는 소리
귀에 들리면
당신은 정녕 시인입니다

만리장천에
그리움 찾아 나르는
기러기 울음소리

높고 낮은 밤
독수공방에 찰랑 찰랑
달 기우는 소리
귀에 들리면
당신은 정녕 시인입니다

연꽃

부처님께 꽃을 빌었더니
도솔천 이슬 받아
첫물로 빚은 꽃 보내시었네
이승의 온갖 번뇌
진흙 속에 묻어두고
아련한 미소로 물 위에 올라
등불 하나 밝혔네

맑고 곧게 뻗은
연초록 대궁의 지조
한 점 흔들림 없으니
차마 그 향기 흩어질라
한 겹 두 겹 조심스레
봉오리 벙그는데
염화시중* 그 심정 아는지
구름도 가던 길 멈추고
한 마리 청학이 울고 가네

* 拈華示衆 ; 부처님께서 설법 중에 깨달음의 실체를 보이려 연꽃 한 송이를 들어 보인 것을 말함

모국어

우리 모국어 중에는
그냥 불러만 보아도
시가 되는 말이 있다

어머니 어머니 우리 어머니!

고향 고향 내 고향!

초가집 초가집에 둥근 박!

동무 동무 어깨동무!

봄 봄 매화 봄!

여름 여름 매미 소리!

꿈 꿈 무지개 꿈!

별 별 내 가슴에 별!

사랑 사랑 첫사랑!

봉숭아 봉숭아 누나의 꽃!

아리랑 아리랑 울고 넘는 고개!

보름달 초승달 그믐달!

보리밭 보리밭 청보리밭!

오월 오월 쪽빛 하늘!

찔레꽃 찔레꽃 서러운 찔레꽃!

소쩍새 소쩍새 봄밤 소쩍새!

누이야 누이야 후살이 간 누이야!

소나기 소나기 한 줄기 소나기!

솔아 솔아 푸른 솔아!

추석 추석 송편에 둥근달!

솨르르 솨르르 흩어지는 낙엽!

가을 가을 이별의 아픔!

눈 내리는 겨울밤!

설날 설날 꼬까옷 세배!

님아 님아 우리 님아!

진달래 진달래 소월의 진달래꽃!

외갓집

외가 솔모로 가는 길은
새터 방앗간 옆으로
달구지 길이 나 있다

앞 내 얼음장 밑으로
여울물 소리 들리고
아지랑이 아른 거리면
외가 생각난다
어머니 손잡고 가는
시오리 외가 길은
설레임으로 수놓은 길
민들레가 피고
소나기가 내리고
수수이삭이 여물어 간다

도깨비 연못 지나
미루나무 서 있는 곳
갑진재에서 여우가 울고

별들이 쏟아지는
앞마당 고목나무에
부엉이가 사는 집

아주까리기름 홀로 타는 밤
이모들이 들려주는
옛 이야기가 무서워
이불 속에 숨어서 듣다
아직도 안들 자냐 하시는
외할머니 걱정 소리에
등잔불 끄고 잠을 청한다

어머니 산나물

어머니 그리움으로
먹는 산나물들
산에 산나물 들에 들나물
비온 뒤에 고사리 물가에 참나물
가시덤불 밀나물 양지쪽에 잔대

향이 좋아 먹는 나물
참취 쑥부쟁이 미나리싹 삽주
참나물 미역취 모싯대 어수리 곰취

맛이 좋아 먹는 나물
고사리 잔대 고추나물 두릅 명이나물
원추리 이밥나물 홋잎 밀나물 다래순

그리워서 먹는 나물
가락지나물 물레나물 활나물
부지깽이나물 장구채 처녀곰방대
젓가락나물 수리취 청미래덩굴

옛날 시집온 새댁이
나물 서른 가지 모르면
굶어 죽는다던 시절
아이들은 글보다 나물 이름 먼저 알았고
배고픈 아이들 산으로 올라
찔레순 빼꾹채 싱아를 꺾어 먹었다

시는 나의 사랑

나는 시를 사랑 한다
시는 무량無量해서 좋다
시를 쓰면서 나는 자유인이다
아무도 나에게 시를 이렇게 쓰라
간섭하지 않는다
혼자 시를 쓰고 혼자 시인이다
아직도 난 시인들이 다 떠난
강변이나 산기슭에 남아
더듬더듬 시 이삭을 줍는다

나는 새벽녘에 일어나
시 쓰는 것을 좋아 한다
온전한 고립무원일 때
시혼詩魂이 내린다

살아있는 것들에 귀 기울이면
미명의 뒤란 숲속에서
빼꾸기가 서러운 빛깔로

이승의 봄을 재촉 하고

지나간 상흔이 어른거린다

왜 그랬을까

후회와 상실로 몸부림하다

오랜 추스름 끝에

상처를 헤집고 고해하듯

한편의 시가 찾아온다

생강나무

초례청에 기러기 품고
맞절 끝나면
공연히 마음 달뜬 사람들
후루룩 국수 한 사발 비우고
밤 깊어 가슴 설레는데
동방화촉에 등불 꺼지면
삼단 같은 머리 풀어 내리고
신방엔 내밀한 살 내음과
동백기름 향기 은은하다

옛사람들
산골짜기에 가장 먼저 피어
샛노란 봄을 부르고
눈 녹은 맑은 물로 빚어 낸
열매가 좋아
그 정기로 동백기름 짜
귀한 날 머리에 바르고
등잔불 밝혔으니

신랑 신부 그 향기 속에서
아뜩한 첫날밤 보내고
떡살 문양 같은 인연을 맺는다

봄날은 간다

봄이 강신降神하듯
찾아오던 때가 있었다
강 건너로 따뜻한 바람이
불어오기 시작하면
마음은 벌써 앞벌 지나
산 너머로 달려가고

봄꽃들이 다투어
피기 시작하면
치마폭 한껏 부푼 여인들
봄기운 어쩌지 못해
신 내린 사람처럼
산과 들 마구 헤매는데

이웃에 처녀 하나
뒷산 언덕에
진달래 피는 날
봄 신령에 사로잡혀

구름 같은 꽃 머리에 이고
집을 떠난 밤에
처음 두견새가 울었다

오솔길

생각난다
잃어버린 노래
가고파 봄 처녀 그 집 앞

생각난다
잃어버린 꽃
맨드라미 봉숭아 채송화

생각난다
잃어버린 꿈
무지개 저녁놀 멧새 알

생각난다
눈 내리는 밤
옆집 순이
메밀묵 찹쌀떡 콩깻엿

행복

생각해 보니
내가 필요한 것들은
모두 공짜네
공기 물 햇빛
그러고 보니
사랑도 공짜
추억도 공짜
꿈도 공짜네

동백꽃 지는 아래
해 저물 녘 앉아 있어도
자릿세 내라는 사람 없고
달빛 한 자락 끌어다 덮고
노숙 잠을 자도
누구 하나
시비 하는 사람 없네

제 3 부

율현재를 떠나며

인연

노루귀 바람꽃 얼레지
꽃들의 이름을
하나 둘 부르면
내게로 와 모두
따스한 시가 된다

동박새 소쩍새 뻐꾸기
새들의 이름을
하나 둘 부르면
내게로 와 모두
까닭 모를 설움이 된다

두만강 낙동강 섬진강
강들의 이름을
하나 둘 부르면
내게로 와 모두
간절한 기도가 된다

오리 낚시

전쟁 중 피난살이를
금강 하구에 있는 군산에서 했다
그때 만나 친해진 원주민이 연식이 형이다
우리 가족은 강가에 움막을 짓고 살았는데
눈이 펄펄 내리는 날 형이 날 불러 내
둘이는 논가 웅덩이로 가 얼음을 깨고
미끼로 사용할 송사리를 잡았다
금강 하구 넓은 갈대밭에는 겨울철이면
청둥오리들이 날아와
먹이를 찾으며 쉬기도 했다
갈대가 듬성듬성 하고 눈이 하얗게 덮인 강변에
망둥어 낚시 바늘에
송사리를 꿰어 채비를 설치하고
강둑에 숨어 기다리면 그때의 설렘이란
가슴이 벌떡 벌떡 뛰었다
오리가 낚시에 걸려 푸덕이면 얼른 달려가
잡은 오리를 자루에 담고
다시 엎드려 기다린다

어떤 날은 열 마리가 넘는 오리를 잡아
그 중 몇 마리를 형이 내 몫으로 주었다
의기양양해 집으로 돌아오면
어머니께서는 춥겠다며
내 등을 두드려 주시고
오리를 넣고 김치찌개를 끓이시었는데
내게는 아직도 그날 저녁에 먹은 김치찌개가
세상에서 제일 맛있었던 음식으로 기억 된다

쟁비꽃

쟁비꽃 하면
누구나 고개를 갸우뚱해요
북녘 내 고향에서
부르는 꽃 이름이랍니다
고향집 매지골 목화밭 언덕에
구름처럼 피어 나를 반겨주던 꽃
내 나이 이순이 지나
다시 상봉했어요
인터넷에도 야생화 사전에도
찾을 수 없어요
어느 해 오지여행을 하다
힘들게 찾아낸 꽃인 걸요
눈물이 나도록 반가웠어요
올해도 우리 집 장독대
큰 바위에서
꽃망울이 언제 터지나
나를 애태워요
저 몽골 대륙 고비사막 지나

내게로 찾아 와 해마다 오월이면

그 찬란한 오기를

마음껏 터뜨리는 꽃

토파즈로 치장한 황녀 보다

더 아름답고 우아해요

저기! 조심하세요 가시가 있어요

* 쟁비꽃 : 해당화과에 속하는 꽃으로 우리에게는 대륙해당으로 알려진 꽃으로 5월에 만개하는 화려한 꽃이 볼만하다.

비슬산 진달래

진달래 길 따라
대견봉 오르니
가슴에 피멍든
팔도 원혼 다 모여
봄빛 눈부신 등성이 마다
꽃불 질러 놓았다

저승 가는 혼령들도
이승의 꽃자리
차마 못 잊어
비슬산 진달래 밭
불 지르고 떠났다

산허리 휘감는 불길
꽃으로 내려치는
죽비소리
평생 장터나
떠돌던 소리꾼이

처음 득음하고
폭포 줄기로 내지르는
완창 한 마당이다

율현재栗峴齋를 떠나며

용문산 자락
두류봉 아래 터 잡고
여생을 보내렸더니
늙고 병들어
내 시혼이 깃든 집
율현재를 떠나네
마지막 낙엽을 태우는
매캐한 연기가
눈물로 이별을 고 하네
동녘 울안
서리 밤나무에
터 잡고 사는
다람쥐 딱따구리야
밤하늘에 밤송이처럼
쏟아지던 별들아
밤새워 울던
소쩍새야
올망 졸망 손주들과

모닥불에
알밤을 구워 먹던
소중한 추억들아!
모두 잘 있거라

두류봉 청솔이어라

— 이기철 장로님을 그리며

사람이 든 자린 몰라도
난 자린 안다더니
당신의 빈자리가
이리 클 줄은
정녕 몰랐습니다
우리네 인연이 모두
회자정리會者定離라지만
너무 빨리 찾아온 이별이
야속 합니다
가슴이 미어집니다
당신은 두류봉 아래
한 그루 큰 솔
마을을 받치는
기둥이었습니다

그 하루 무덥던 여름
착한 당신을
산막골 선영에 묻고

차마 돌아서는 발길이
너무도 허망했습니다
훨훨 산새들 깃을 치고
노루가 등을 넘는
청산에 안겨 쉬고 계시면
우리 다시 만나는 날
훠어이 훠어이!
그리운 이들 다 불러 모아
앳되고 천진스런 날들을
함께 노래하리라

대흥사 유선관

남도에 내려오는
문화예술인들이
쉬어 가기를 원하는
대흥사 유선관에서
하룻밤 묵었다
방안에 두 폭 모란 병풍과
여덟 폭 산수 병풍
괴목 탁자 하나가 전부
티브이도 없고
화장실이 외져 요강을 사용한다

안주인이 직접 차려
내오는 남도밥상이 정갈하여
자꾸만 수저가 간다
봄 어스름 내리는
두륜산 골짜기 타고
대흥사 저녁 예불 범종 소리
고즈넉이 들려온다

창호지 문 밖 계곡 물소리가
밤새 세속의 때를 씻어주더니
새벽녘 내리는 빗소리가 단잠을 깨운다
아침 대흥사 오르는 오솔길에
쏴아 쏴아 녹우綠雨가 쏟아진다
아하, 소리였구나!
사람들이 유선관을 찾는 까닭이

그리움이 사랑뿐이랴

그리움이 어찌 사랑뿐이랴
기약 없이 훌쩍 떠나버린
네가 그리워
불 맞은 짐승처럼 앞산 기슭을
미친 듯이 헤매었지만
이렇게 외로운 저녁이면
온 세상 슬픔 하얗게 덮어주듯
푹푹 내리는 함박눈이 그립다

적막한 나의 뜰에
흐득 흐득 모란이 지던
지난 봄날이 그립고
노을이 붉게 타는 저녁이면
홀로 고향 지키시며
동구 밖에 서성이는
어머니의 외로움이 발효 된
고향집 뒤란 빨간 홍시가
못 견디게 그립다

입동

동천冬天 열리어
기러기 날개 끝에
찬 서리 묻어온 밤
댓잎 그림자 쓸고 간
유리창 성에꽃에
밤사이 누가 다녀갔나
그렁그렁한 그리움
못 잊어 설레는 이름들
꽃살 문양 속에 새겨 있다

용문사 가는 길

산문山門 열리고
부처님 잠시 조으는 사이
돌계단 아래 은행나무
천년을 훌쩍 넘기었다

모진 세월의 풍상
이끼 향기로 남은 돌탑은
덧없이 피고 지는
꽃의 적멸寂滅을 알까
부처님에겐 천년도
지나간 어제 같고
눈 한 번 감았다 뜨면
계곡 너럭바위도
모래알이 된다

용문사에 오르는 그대여
삶이 한바탕 꿈이라고
찰나刹那를 서러워 마라

일주문에 들어
맑은 물소리에 귀를 씻는 순간
당신의 그리움은
서역만리西域萬里에 이르고
당신의 영혼은
풍경風磬 소리로 깨어
해인海印*의 세계로 들어 간다

* 해인 : 일체를 깨달아 아는 부처의 지혜 또는 온갖 번뇌와 망상이 사라진 참모습이 비친 바다.

찔레꽃 필 무렵

진달래 필 때는
숭어에 맛이 들고
찔레꽃 필 무렵이면
밴댕이에 깨가
쏟아진다는데
몸이 불편해
오가도 못하니
오늘 같은 날은
잘 익은 열무김치에
국수나 말아
먹어야 겠다

텃밭에는 감자알이
여물어 가고
신록이 눈부신데
저 놈의 뻐꾸기는
할 일 없이 날아와
울음 마다 서럽게

찔레꽃 피워 놓고
공연히 마음
설레이게 한다

아내의 스마트폰

아이들이 엄마 심심할까 봐
스마트폰을 새로 사주었다
가족 중 나만 폴더 형 핸드폰을
사용하는 외로운 섬이다
전철을 타고 가다보면
젊은이들이 하나같이
스마트폰으로 누구와 대화하거나
게임을 하며 희희낙락이다
중늙은이들까지 그 대열에 합류하여
손가락 운동에 바쁘다
젊은이들에게 깊이 사색하고
고민하는 모습이 없다
사랑도 즉석에서 만나고
연애도 스마트폰으로 한다
사랑을 만나기 위해 길고 긴 시간
기다려야 하는 아픔
빛바랜 상자 속에 담긴
오래 묵은 편지의 사연을 저들이 알까

따뜻한 아날로그 사랑이
그리워지는 계절이다
뒷동산 찔레 덤불속에
막사발 묻어 놓고
설레는 사연 주고받으며
연애하던 지난날의 연인들
"정혜야! 보고 싶어 죽것다"
이런 생선처럼 퍼덕이는 사랑의 언어와
읽기조차 민망한 상스러운 낙서
그리고 발갛게 설레는 그녀의 이름을
스마트폰 문자대신
동네 담벼락이나 공동화장실에
대책도 없이 크게 써 놓던 시절
신촌 굴다리 독수리 다방 안내판에는
나비 같은 메모지들이 몸을 매달고
외로운 사람들을 기다렸다
밤비 내리는 영등포 우체국 앞
지나는 버스 마다 지켜보며

약속도 없는 나를 행여 만날까
무작정 기다리던 너
대학 입학 기념으로 맞춰 입은
코발트블루 투피스가 비에 흠뻑 젖어
허망하게 돌아서는 순간
등 뒤에서 네 이름을 불러주었을 때
너는 내게로 달려 와 펑펑 울었다
때론 더디 가고 때론 기다리고
때론 멈춰 서서 숨 한 번 고르는
아날로그 삶을 살자 해놓고
요즘 아내가 수상하다
저러다 아내마저 스마트폰에
빼앗기지 않을까 걱정이다

탱자 향기

학교 가는 길
과수원 울타리에
노랗게 익은
탱자를 따
몰래 그 아이 책상에
올려놓고
가슴 두근거렸다

내 이름 마구 부르던
그 아이
어느 날부터 날 보면
수줍게 눈웃음만 짓고
말이 없었다

눈감으면
다가서는 그 아이
하얀 탱자꽃이다

불혹不惑의 아들을 보며

마흔 지난 아들 등 뒤를
바라보면 쓸쓸하다
불혹이라지만
아직 제 삶의 무게가
얼마 만큼인지 알지 못하고
숱한 구렁 화내는 길
걸어야 하는 모습
가슴 아프다

하얗게 눈 내리는 밤
초롱초롱한 눈매를 하고
아비의 옛 얘기에 귀 기울이다
창문 두드리는 바람소리에
가슴을 파고들던 네가
이제는 홀로 외롭구나

배만 곯지 않으면 되는 줄 알고
네 영혼을 가난하게 키운

어리석은 아비는 아니었나
지난 세월 돌아 본다
아들아! 어릴 적 너는
돌부리에 걸려 넘어지면
혼자 일어서는 아이였다
가다 힘이 들면 쉬었다 가거라
자연 속에 삶의 지혜를 얻는
인디언 잠언을 생각하면서

서리밤 익을 무렵

수령 백년 지난 밤나무
딱따구리 구멍 파 집 짓고
그 속에 다람쥐가 들어와 산다

밤송이가 늦게 벌어
서리 밤이라 불리는
알이 세 쪽인 토종 밤나무
나무 아래 정자지붕 위로
알밤이 퉁탕 퉁탕 떨어지며
가을이 깊어 간다

잘 여문 알밤 같은 손주 녀석들
추석이라고 몰려와 밤을 줍는다
모닥불 피우고 밤을 구워
입이 새까매지도록 먹으며
서로 보고 웃는다

불장난 하느라 피곤한 녀석들

오늘밤
자리에 오줌 싸지 말고
좋은 꿈 꾸거라

낙엽은 지는데

나무에게 물었지
왜 낙엽을 떨구냐고
자꾸만 우수수
우수수 떨구냐고
그게 사랑을 위해서란다
낙엽 따라 가버린 사랑이
얼마나 아름다우냐고

언젠가 당신의 사랑도
초록의 계절이 지나
단풍 들 날이 온다고
이별이 있어
진주 같은 눈물이 있다고
못 잊을 사람이 있어
우리는 한생을
추억하며 살 수 있다고

이렇게 가을이

푸르른 날은
그리운 사람을
마음껏 불러보자고
낙엽이 물들듯
붉게 붉게
그리워하자고

목화밭

삶이 허허로울 때
미영밭에 다래나 될까
목화 다래 속에 숨겨 논
연한 속살 씹으면
달달한 첫사랑 맛이다
늦여름 고향 언덕에
아른아른 목화 꽃이 피었다
미색의 하얀 꽃 모양이
엄마 머리에 두른
무명 수건을 닮았다

한겨울
문풍지가 흐느끼는 밤
한잠 자고 깨어
이불 속에서 머리를 내밀면
엄마는 꼿꼿이 앉아
물레를 돌리신다
밤을 새우시려나

소쩍새도 피 토하며 울다 지친 밤
이승에서 짧았던 인연의 끈을
차마 놓지 못하고
당신이 짜놓은
올올히 맺힌 설움을
무명 한 필로 풀어
멀리 은하의 강건너
저승까지 이어 놓으시려나
무명 한 필은
엄마의 눈물이다

마차리 만가挽歌

마차리 탄광촌에서
막장 인생 살다간
사람들을 만났다
초기 광업소 시절
한 달 노임이 쌀 한 말
선량한 광부들 가족이 모여
죽이라도 끓여 먹을 수 있어
고단한 삶 잊었다
쌀 배급소 나와 위령탑 지날때
외로운 혼 잠재우려는 듯
귀에 만가 소리 들린다
오오호 달구 오오호 달구
탄 더미에 깔려
피토하고 죽은 영혼
노동 운동 하다
매 맞아 죽은 영혼
막장에서 얻은 진폐증
술 퍼 먹다 죽은 영혼

어린 상주 삼베옷에
올올히 맺힌 설움
황천 수 깊은 물에
눈물 뿌리는데
이승의 삶이 분하고 억울해
차마 떠날 수 없는 저승길
오오호 달구 오오호 달구
허어 낭천 어화로다

상원사 가는 길

진짜 힘 좋은 사내
한 번 만나시려거든
운두령 넘어
평창으로 오시게

울울 창창
하늘 치받고 섰는
월정사 전나무 숲 기개에
거 뭐라든가
당신이 큰 소리 치던
돈이라든가
권력이라든가
명예라든가 하는 것들이
하찮게 여겨지면
그때 당신 눈에
문수보살이 보여
상원사 선재길을
오를 수 있을 꺼우다

신라 고승 자장율사
부처님 사리 안고
처음 걸었던 길
섭다리 출렁다리 징검다리 건너면
서어나무 박달나무 쪽동백이 반기고
물참대 초롱꽃 목란 향기 가득한
선재동자
화엄으로 가는 길

섭섭해도
목란 꽃 피는
오월엔 오지 마시게
아바이 수령도 반한 목란이
상아빛 가슴 활짝 열면
꿈처럼 몽롱한
그 고운 속살 향기에
당신의 눈은 모두가
정인으로 보여

어이구! 어이구! 방향 잃고
이 꽃 저 꽃 헤매는 동안
당신의 그 임도
딴 사내를 찾을 꺼우다

능금

그리움도
능금처럼
발갛게 익는다면
가을처럼
향그러이
익어 간다면

당신의 그리움이
개옻나무 잎새 쯤
붉게 붉게
물들일 것입니다

죽을 만큼
아픈 사랑도
강물에 닳고
세월에 곰삭아
아릿한
추억이 될 것입니다

관솔

천둥 치는 날
길 잃은 천둥 하나가
폭풍에 날리다 나무에 박혀
무수한 날 가슴앓이 하다
또 다른 상처와 만나
관솔이 되었다

호박琥珀 빛깔의 그리움
혼자서만 삭이려 애쓰다
천둥소리로 농익은
저 아슴푸레한 붉음

나무에 흐르는 광음光陰이
긴 시간 상처를 다듬어
하나의 옹이가 되고
나무도 나이 들며 제 그리움
그냥 비껴가지 못하고
상처 언저리에서 머물다
결 고운 한 필의 세월로 남는다

약수터 주막

용담리 샛강 따라
부용산 오르다
목 컬컬하면 들어가
막걸리 한 잔 걸치는
약수터 주막
첫 눈 맞으며
文友들과 찾은 저녁은
도토리묵 부추전 외
詩로 버무린 안주가 있어
막걸리 맛이 짠하다

제 4 부
시인의 눈물

귀뚜라미 서재

새벽녘 서재에서
시와 씨름하는데
또르르 또르르
섬돌 밑에서
귀뚜라미가 운다

오라 가을밤 시인이
바로 너였구나!
은하의 강물로
씨줄과 날줄 삼아
시를 엮는 너는
울림 좋은 비단을 짜는
천상의 직녀
달빛이 밴 무늬에
알 수 없는 시름이
깃들었구나

발효, 그리고 사랑

그 여름 덕고개 과원으로
복숭아 먹으려 갔다
소나기 피하러 들어 간
주인 없는 원두막에서
나는 겁도 없이
귀밑머리 보송한 너에게
사랑한다고 말했다
그 말이 빌미가 되어
평생을 싸웠다
가끔 사랑을 씹으면
땡감처럼 떫었다
사랑도 변해야
산다는 것을 몰랐다
한바탕 폭풍이 지난 후
너의 영과 육신이 발효되어
네 입술이 포도주처럼 달고
내 떫은 풋감이
여름 햇살과 천둥소리로 익어

어느 눈부신 가을 아침
발갛게 너의 식탁에 오르면
세상 어느 누구인들
자기 삶을 사랑하지 않으랴

솔아, 푸른 솔아

솔아 솔아 푸른 솔아!
엄동설한에 더 푸르러
기개 넘치는 솔아
부러질 지언 정
굽히지 않는 너의 절개
한겨울 폭설 내려
설해목이 된 네 우듬지
고고한 목리木理에서
매화꽃 핀다
청학 우는 소리 들린다

송화 가루 날리는 윤사월
보릿고개 높아 저승꽃 필 때
피똥 누던 아이야
물오른 송기로 허기 달래고
멧새 알 찾으러 산에 올라
서럽게 서럽게
청솔가지에 불 지피 거라

이 땅에
죄 없이 살다 죽은
천진한 영혼들
다들 굽은 소나무 아래 묻혔다
반갑게 다시 만나
훠어이 훠어이
그리운 날들을 노래하리니

가을을 심다

날더러 가을을 심으라면
산 아래 큰 밭을 갈아 콩을 심겠다
맛이 구수한 서리태도 심고
장맛 울어 내는 메주콩도 심겠다
그사이 듬성듬성 키다리 수수도 심어
목을 길게 늘이고
가을을 기다리게 하겠다
소슬바람 먼저 찾아와
빨간 고추잠자리 수숫대를 흔들고
찌르레기도 날아와
여름내 더위 먹은 목청을 가다듬어
찌르륵 찌르륵 노래하고
더러는 풋콩을 뽑아
모닥불에 구워 먹기도 하고
콩 잎을 따 된장 속에 묻었다
첫눈 내리면 꺼내어
햅쌀로 지은 밥을 물에 말아
자반고등어 와 함께 먹으면

콩잎의 그윽한 향기가
옛집 바람벽 황토 맛이다
콩잎이 노랗게 물들 무렵
수수이삭을 잘라 돌떡도 해 먹고
부꾸미도 부쳐 먹는다
내 유년의 기억을 가둔 붉은 수수밭
이 가을도 영월 들녘으로 가
발목이 시도록 수수밭 고랑을 밟고
정선 오일장 좌판에 앉아
할머니 수수부꾸미라도
사 먹어야겠다

벌초

백로 가까우니
서후리 주변 산자락 마다
벌초하느라 왜앵앵
예초기 소리 요란하다

요즈음은 아예 벌초를
대행업체에 맡기고
차례는 관광지에서 지내는
자식들이 많다지
혈육이 찾지 않는 무덤은
배가 고파 봉분이 홀쭉하다

아버지 손잡고 읍내 오일장에 가
애호박 고명 밀국수
사주시던 기억이 엊그제인데
불초 이자식이 칠순 지난 몸으로
두류봉 아래 아버님 산소를 깎는다

주변에 떨어진 잣송이를
주워 모으니 한 무더기 실하다
추석에 성묘 오면
햅쌀로 빚은 송편도 맛보고
잘 익은 알밤도 주머니 가득
주워 갈 수 있으니
야, 이놈들아!
이게 다 조상의 음덕이 아니겠느냐

지리산

민족의 아픈 역사 소용돌이 친
지리산에 들어 선 순간
산의 정기가 이마를 때린다
울렁울렁 골마다 선혈이 흐른다
수많은 영령들이 노고단에 묻히고
총성 치열하던 돌무덤엔
때늦은 원추리 꽃이 한창이다
운해 위로 솟은 천왕봉이
그냥 돌아가라 손짓 한다
무심히 등구재 둘레 길을 넘으려는데
나도 모르게 몸이 달아오른다
사랑의 도피자 구천이와 별당 아씨 넋은
어느 골짜기를 헤매고 있을까
버림받은 빨치산 이현상은
어느 산마루에서 통곡할까
수많은 순고한 사람들이
죄인 아닌 죄인 되어 숨어든 지리산
동학당, 독립운동가, 빨치산

지주 집 불 지른 소작인등
달 가고 해 가면 산은 더 푸르른데
적막한 별빛 아래 홀로 울다 지친
영혼들을 누가 있어 달래 줄까
어머니의 산 지리산이 다 용서했다 해도
하늘이 노여워 천둥을 울린다
혹여, 핏빛 노을 속으로 울려 퍼지는
화엄사 저녁예불 범종 소리가
구천을 헤매는 혼령들을 위로해 주려나
반야봉 너머로 떨어지는 해가
울음 삼킨 섬진강 보다 붉다

가난의 행복

피난 시절 성탄 전야
아버지는 밀린 품삯
받으러 시내에 가시고
나와 내 동생은
추운 줄도 모르고
밖에서 아버지를
기다렸다

아버지는 막걸리 한잔
하시어 기분이 좋으신지
흥얼거리시며 오시더니
아이구! 내 새끼들
하시며 발갛게 언
동생의 볼을 쓰다듬으셨다

아버지 손에는
쌀 봉지와 동태 두 마리
선물 봉투에는

내 장갑과 동생의
빨간 산타 인형
색색의 알사탕도 있었다
동생은 너무 좋아
팔짝 팔짝 뛰었다

함박눈이 내리는
엄마의 부엌은 행복 하고
저녁상에는 하얀 쌀밥과
동태찌개가 올라 와
우리 가족은
최고의 만찬을 즐겼다
돌아보면 가슴이 찡하도록
그리운 사람들
모두 삶이 고단했지만
내 유년의 가난은 따뜻했다

얼레지

운곡암 계곡에는 얼레지 꽃무리가
4월을 먼저 열고 봄을 맞는다

홀로 사슴과 놀다 외로우면
바람꽃 불러 춤추고
노루귀 부끄러워 바위 뒤에 숨었다

너의 짧은 절정이 아쉬워
봄 햇살 먼저 내려 쓰다듬고
너의 보랏빛 원무는
차라리 불 질러 놓은 이승의 꽃자리

얼레지 피어있는 암자 길은
초파일 화사한 꽃등 아래
어머니 손잡고 부처님 만나러 오고
윗마을 화전민이 오십 리 양평 장에서
사돈 만나 한잔하고
나무 값으로 간 고등어 한손 사 들고

돌아오던 가난한 길

화전민의 고단한 삶을 아파하다
가슴에 얼룩이 간 너
봄날이 배고픈 아이들
얼레지 나물로 배 채우고
멧새 알 찾으려 산으로 올라갔다

귀뚜라미

조상의 온기 묻어나는
섬돌 아래서
또루르르 또루르르
귀뚜라미가 운다

낮은 음계의 씨줄과
밤새 내린 달빛이
날줄로 만나
어찌 저리 울림이 좋은
비단 한필 짜 놓으시나

천년을 베틀 위에 앉아
북 하나 붙잡고 보낸 세월
사무치는 그리움이
현위에서 구르는 솜씨가
예사롭지 않은데

깊은 시름 달래려

심연에서 길어 올린
영혼을 울리는
저 맑은 소리가
삼경三更을 넘어
멀리 은하에 이른다

책 읽는 여자

책 읽는 여자는 아름답다
방금 모네나 르누아르의
그림 속에서 나온 여자 같다
은은한 빛이
그녀의 얼굴에 홍조를 띄우고
지금쯤 마음은
어디를 헤매고 있을까
숨을 고르고 책장을 넘기면
상상의 나래는
산 하나를 거뜬히 뛰어 넘어
상념의 강을 건넌다
지금 역사를 읽으며
실크로드를 따라 가고 있는 걸까
설레임은 가녀린 여자를
전율케 하고
글자마다 무지개가 뜬다
책읽기에 몰두하다
가끔 고개를 들어

기지개를 켜는 그녀의 모습은
오월처럼 청신하고
숨결마저 향기롭다

내 고향

밤이면 마당 가득 별이 내리고
여름이면 집마다 뜰 안에
접중화 곱게 피는
말끝마다 '꽈' 소리가 정다운 곳
고향 하늘은 멀어만 가는데
귀밑으로 날리는 은빛 머릿결
부질없이 그리움만 부른다

초가지붕 둥근 박 호박꽃에 반딧불
보리밭에 종다리 목화밭에 일년감
조밭고랑 개똥참외 청밀 밭에 밀 총대
수수밭에 깜부기 윗 산막에 개암쌀
메밀밭에 고추잠자리 뒷동산에 멧새 알
쑥대 위에 찌찌이 장다리 밭에 흰나비
나뭇짐에 진달래 무덤가에 뻐꾹채
구월산에 산나물 구왕산에 도토리
조산리 황금들녘 곰녬 앞바다 꽃게잡이
종다리온천 원정맞이 싸리울에 함박눈

할아버지 매사냥 대보름 불꽃놀이

질화로에 보글보글 달래 넣고 강된장
두불콩에 밀범벅 굴 넣고 짼지밥
늦은 밤에 짼지두부 분지향기 새우채
칼로 싹둑 메밀낭화 동지섣달 동그래 팥죽
돼지기름 녹두 부치기 외할머니 수수떡
대보름날 콩깻엿 애호박에 호국수
놋 양푼에 수수엿 눈 오는 날 꿩 만두
콩고물에 이차떡

헛간 지붕에 박꽃이 환한 여름 밤
앞마당에 멍석 깔리면
생 쑥이 타는 알싸한 모깃불 연기
하얗게 피어오르고
갓 쪄낸 강냉이와 햇밀 범벅이 나온다
삼복더위에 두벌 조밭 매느라
땀으로 흠뻑 젖은 아낙네들

찬물로 등목하고 멍석마당으로 모여
더러는 눕고 더러는 앉은 채
도란도란 이야기꽃 피우고
반딧불 날으는 연자방앗간 텃밭에는
싸리 울타리 너머 풋풋한 오이 냄새가
앞벌 개구리 소리에 실려 오는데
아이는 엄마 무릎 베고 누워
하나 둘 별을 헤다 잠이 든다

* 주 : 내 고향 은율에서는 김치밥을 짼지밥, 칼국수를 낭화, 인절미를 이차떡이라 한다.

가깝고도 먼 「구북리 별밭」

밤하늘에 총총한 별무리를 보다 '별밭' 이란 시상이 떠올랐지만 내가 찾는 별 밭의 지명을 어디로 할까 고심하던 중 9할의 수필에서 읽은 소록도가 떠올랐다.

소록도 나병환자들은 살아선 섬을 나올 수 없고 죽어 화장장으로 가 한줌의 재가 되어야 비로소 훨훨 날아올라 하늘에 별이 될 수 있었다.

슬픈 운명의 화장터가 바로 「구북리」였다.

시제를 **「구북리 별밭」**으로 정하고 나니 마음에 들었다.

사랑의 상처로 방황하는 사람들 다 별 밭으로 와 별을 보며 상처가 아물고 다시 사랑을 꿈꾸었으면 구북리로 가는 길은 구구구 밤새가 울고 반딧불이 길을 안내하였다.

「구북리 별밭」은 가깝고도 먼 길이었다.

「달궁」을 찾아서

「타오르는 강」, 「징소리」, 「철쭉제」 등을 쓴 문순태의 소설을 읽으면 민초들의 삶과 애환이 가슴이 찡하도록 와 닿는다.

내가 최초로 만났던 문순태의 소설이 지리산을 무대로 한 빨치산들의 이야기를 다룬 「달궁」이었다. 평화롭게 살던 산속 마을이 토벌군과 빨치산 사이에 끼어 철저하게 유린이 되고 산하는 피로 물들었다.

고등학교 시절 가장 감수성이 예민할 무렵 읽은 소설이라 긴 세월 지나도록 오래 기억에 남았다.

어느 해 여름 소설의 무대 '달궁'을 찾아서 아내와 함께 지리산 여행을 떠났다. 반야봉 아래 심원 계곡이 흐르는 곳, 남원군 산내면에 전설처럼 꼭꼭 숨은 마을이었다. 마침 점심시간이라 흑돼지구이를 잘한다는 집을 찾아 계곡물이 폭포를 이루는 정자에서 소주잔을 기울이니 민족상잔의 소용돌이 속에서 아우성치던 마을 주민들이 떠올라 마음이 아팠다.

음식점 주인이 금방 잡은 구렁이라며 산 채로 갖고 와 보여주며 뱀술을 담궈 줄 테니 사라고 하였다. 순간 저 구렁이가 억울하게 죽은 마을 사람들의 원혼일 수도 있겠다는 생각이 들었다.

누가 한바탕 씻김굿이라도 해서 저들의 원혼을 달래주고 저승길이나마 편히 갈 수 있도록 도와주었으면 좋으련만 순박한 저들에게 평화로웠던 옛 마을의 원형을 다시 찾아 줄 수는 없는 것일까, 생각하다 시 「**달궁**」을 쓰게 되었다.

봄으로 미친 여자 길례

고흥 반도를 보면 보성에서 득량만을 따라 남쪽으로 길게 뻗어 있다. 그래서 봄도 빨리 온다. 유채꽃 길 따라 아지랑이 아른거리는 고흥의 봄 길을 걷다 보면 누구라도 나른한 기운에 무엇에 홀린 듯 정신이 혼미해진다.

그래서 고흥의 처녀들이 봄이 오면 공연히 봄 신령에 사로잡혀 들녘을 헤매나 보다. 고흥의 살랑살랑한 봄기운에 멀쩡한 사람도 미치지 않고는 못 배긴다는 말은 그만큼 고흥의 봄기운이 특별하다는 의미가 아닐까?

길례도 득량만 건너온 봄바람에 사로잡혀 미친 여자가 되었다.

원초적 채색화가 천경자를 알게 된 것은 그림보다 그녀의 수필이 먼저였다. 천경자 수필에는 고향 고흥의 봄이 너무도 진솔하게 그려져 처연하도록 아름다웠다. 평생을 한과 고독 속에서 진정한 예술가의 삶을 불꽃처럼 살다 간 천경자, 박수근 김환기 등과 함께 화가로서 최고의 반열에 올랐지만 그녀의 삶은 굴곡이 많았다.

길례는 작품 속에서 천경자가 만들어 낸 영혼이 순수한 미친 여자다. 천경자는 어느 자리에서 자신이 곧 길례라고 고백한 적이 있다.

나는 고흥이 좋아 수차례 여행을 했지만 갈 때마다 느낌이 달랐다. 보리밭 황톳길, 내 슬픈 전설의 천경자. 봄에 미친 여자 길례가 못내 그리워 시 「**고흥**」을 쓰게 되었다.

성문 씨의 나들이

은행이라는 데가 겉보기와는 달리 스트레스가 엄청 쌓이는 직장이다. 난 퇴직하면 꼭 시골에 내려가 살리라 마음먹고 수도권 중심으로 후보지를 물색하던 중 북한강 변에 마음에 드는 땅이 있어 계약했다.

그때 나에게 집과 땅을 판 사람이 성문 씨였다. 팔게 된 사연을 들어 보니 부모가 돌아가시면서 땅을 성문 씨 명의로 해주지 않은 채 그냥 네 땅이니 농사 잘 지으라고 하여, 평생을 자기 전답으로 알고 살았는데 형의 사업이 망하자 갑자기 그 문전옥답을 팔겠다고 내놓았다는 것이다.

그래서 생명줄 같은 그 땅을 되사기 위해 집과 텃밭을 나에게 팔게 되었다. 일반적으로 시골에서 땅을 사고판 사람들 사이는 좋지 않았지만 우리는 친형제처럼 지내며 사이가 좋았다. 형님은 내가 시골 생활에 잘 적응할 수 있도록 도움을 많이 주었다.

나보다 십 년 연상이었던 성문 씨는 어느 날 죽어 염라대왕 앞에 가 양평서 왔다고 하면 용문사 은행나무가 얼마나 커드냐고 묻는다는데 용문사 문턱도 못 넘어 봤으니 큰일이라고 진정 걱정하는 눈치였다. 그래서 하루 날 잡아 성문 씨를 모시고 용문사 등 양평 관광을 하며 맛있는 음식도 먹고 하루를 즐겁게 보냈다.

아직 더 사셔도 되는데 60대 후반에 돌아가셨다. 관광 한번 제대로 못가 보고 한생을 논두렁에서 보낸 형님의 삶이 너무도 안쓰럽고 눈물겨워 「**성문 씨의 나들이**」란 시를 쓰게 되었다.

수수밭에 내 영혼을 가두고

어릴 적 할머니가 들려주시던 해와 달이 된 오누이 얘기가 너무 재미있어 할머니를 졸라 듣고 또 듣고 하였다.

썩은 동아줄이 끊어지며 호랑이는 땅으로 떨어져 수수깡에 찔리어 죽고 남매는 하늘에 올라가 해와 달이 되었다는 옛날얘기가 너무도 재미있어 밤에 자기 전 꼭 호랑이 얘기를 품에 안고 잠들었다.

난 가을이면 들녘에 고개 숙인 수수 이삭이 너무 좋았다. 그것도 목을 길게 늘이고 가을을 기다리는 키 큰 재래종 수수가 더 좋았다.

나는 가을을 몹시 타 산들바람 불어오면 몰려오는 외로움과 쓸쓸함을 견디지 못하고 수수 이삭이 고개 숙이고 잘 익은 벼가 찰랑대는 들녘을 미친 사람처럼 헤매다 지쳐서 집으로 돌아오곤 했다.

그러기를 몇 번 되풀이 하면 가을이 지나고 내 병도 씻은 듯이 나았다. 파아란 하늘 수수 이삭에 내려앉은 고추잠자리, 숨바꼭질하며 이웃집 여자아이와 숨어들었던 수숫단 속의 저 알 수 없는 설레임. 수수 깜부기를 찾으려 밭고랑을 달리던 철부지 소년 수수밭은 내 어린 영혼을 송두리 채 가두었다.

그 병은 장년이 되어서도 없어지지 않았다. 지금도 난 수수밭이 남아있는 황둔 주천 영월로 가을 여행을 떠난다. 거기서 한 마리 강아지처럼 하루를 뒹굴다 지쳐 돌아오면 가을이 다 간다.

그래도 상처는 남아 내 외로운 영혼을 달래기 위해 시 「**가을을 심다**」를 썼다.

모란을 닮은 여자

내 고향집 이웃에 벙어리 누나가 살았다. 이름이 삭초라고 했다. 그때가 해방 직후니까 아마도 일본식 이름이 아니었나 싶다.

눈매가 선하고 머릿결이 고운 누나였다.

난 어린 나이에도 누나가 너무도 예쁘고 좋아 그녀의 마당에서 항상 누나의 동생들과 어울려 놀았다.

가끔 아으 아으 그녀가 이상한 소리로 불러 가면 밤이나 대추 콩엿을 나누어 주었다.

우리 집과 누나의 집은 마당 하나 사이로 마당가에 동네 연자방아가 있고 이어 우리 집 텃밭이 있었다.

나이 든 지금도 그녀가 생각난다. 초등학교 입학 무렵 헤어졌으니 어언 70년의 세월이 흘렀다. 지금도 가끔 누나가 떠오르는 건 그리움 때문일까?

그러다 어느 날 문득 그녀가 한 송이 모란으로 내게 찾아왔다.

그래서 쓰이어진 시가 「**모란이 피면 벙어리도 운다**」였다.

어머니 산나물

어머님께서 돌아가신 지 20년 가까이 지나도 사진으로 뵈올 때마다 살아생전 잘 못해 드린 것이 생각나 후회가 된다.

아직도 어머니가 그리워 잠 못 드는 밤이 있다. 어머니께 효도한 것으로 생각되는 기억이 하나 있는데 그것은 해마다 5월 어버이날이면 어머니를 저의 양평 집에 모시고 와 어머니께서 좋아하시던 산나물을 하시도록 도와드린 것이다.

제게 가장 많이 들려주신 얘기도 외할머니랑 구월산에 나물하러 가셨던 추억담이다.

해마다 오월 초가 되면 어머니 여동생과 함께 산나물 하러 산에 오를 생각에 난 소년처럼 가슴이 설레었다. 어머니, 작은이모, 여동생과 함께 신록이 푸른 오월의 산을 오르는 것은 일 년 중 가장 큰 우리 집 행사였다.

두류봉을 오르며 나물 이름을 하나하나 가르쳐 주신 것도 어머니였다. 나물 보따리를 정자에 풀어 놓고 선별하시며 어머니께서는 무엇이 그리 좋으신지 이름 모를 가락을 흥얼 흥얼 거리셨다.

난 지금까지 살면서 어머니께서 그렇게 행복해하는 모습을 본 적이 없었다. 긴 세월 지나도 어머니의 사랑이 그리워 내 마음의 시 「**어머니 산나물**」을 썼다.

엄마의 꽃밭

어머니는 화장하는 장례문화를 극도로 싫어하셨다. 그것은 그리스도 신앙의 부활을 굳게 믿고 계시는 신앙에서 비롯한 이유이기도 하지만 사후에 당신의 유해가 한 줌 재로 남는다는 게 두려웠던 까닭도 있었으리라.

어머니는 내가 죽으면 절대로 화장을 하지 말라는 말을 입에 달고 사셨다. 나는 절대로 화장을 하지 않을 것이라고 누누이 말씀드려도 마음이 안 놓이시는지 또 되풀이하셨다. 안 되겠다 싶어 어머니 생전에 가족 산소를 만들어 드려야겠다고 생각하고 있던 중 마침 내가 사는 전원주택 뒷산에 자투리 임야가 매물로 나와 계약 후 땅을 골라 가족 산소를 마련했다.

처음 부모님을 모시고 가족 산소에 가 여기에 아버님 어머님 모시고 저희도 죽으면 다 어머니 옆에 묻힐 거라고 말씀드렸더니 어머니께서는 얼마나 좋으셨던 지 평소 안 추시던 춤을 덩실덩실 추셨다.

이제는 그 산소에 두 분이 나란히 잠드셨다. 어느 해 가을 초 산소를 둘러보러 산에 갔더니 안 와 본 사이 산소에 잡초가 무성하게 자랐다. 그게 다 내 게으름 때문인 것 같아 마음이 편치 않은 상태로 지내다가 시상이 떠올라 내 마음의 시 **「엄마의 꽃밭」**을 쓰게 되었다.

이승의 삶이 너무 서러워

70년대 나는 은행 일로 탄광지역 도계에 들렀다가 태백 여관에서 하룻밤 묵은 적이 있다. 그때 탄광에서 얻은 진폐증으로 시한부 인생을 살고 있는 여관 주인 이 씨로부터 광부들의 참혹한 삶을 전해 듣게 되었다.

그 무렵 정부에서 새마을 사업의 일환으로 도시에서 편한 일상을 살고 있는 부녀자들을 대상으로 탄광 견학이라는 프로를 만들어 시행한 적이 있었다. 그냥 견학이 아니라 지하 일천 미터 막장까지 내려가는 극한의 견학이었다.

삶의 경쟁에서 실패하고 마지막 탄광으로 굴러온 광부들이 목숨을 걸고 일하는 현장의 열악한 환경을 보고 충격을 받은 부녀자들은 모두 엉엉 소리 내어 울면서 광구를 나왔다. 이승의 삶이 억울해 저승길도 편하게 가지 못하는 광부들의 삶이 서러웠다.

후일 정선 오일장 관광 후 돌아오는 길에 마차리 탄광 유적지를 들렀는데 그곳에는 당시 광부들의 참혹 했던 일상이 잘 재현되어 있었다. 위령탑 지나는 길에 억울한 영혼들의 만가 소리가 귀에 들리는 듯하였다.

이 땅에 한 맺힌 삶을 살다 떠난 광부들의 넋을 진혼하기 위해 시 「**마차리 만가**」를 쓰게 되었다.

운곡암 얼레지

전원생활을 위해 이곳 양평 서후리로 내려와 처음 가까워진 친구가 김 변호사다. 경기고에 서울 법대를 나온 엘리트 변호사였지만 자연을 좋아해 시골로 와 누옥에 살며 돈 벌 생각을 하지 않아 사모님 속을 많이 썩였다.

하기야 나도 은행의 꽃인 지점장 생활을 마다하고 시골로 내려왔으니 처지가 비슷하였다.

둘 다 돈은 못 벌어도 소주에 삼겹살은 먹을 수 있으니 이만하면 족하지 않느냐며 웃고 안분지족하였다.

김 변호사도 산을 좋아해 양평지역에 있는 산들을 대부분 함께 올랐다. 그러다 찾아낸 곳이 운곡암 계곡이었다. 그때가 4월 초쯤으로 기억되는데 운곡암 위로 오르는 계곡은 온 산이 야생화로 덮여 있었다.

화야산은 800미터 가까이 되는 높이로 수목과 바위가 조화를 이루고 계곡에 물이 많아 산세가 수려하였다. 얼레지, 매발톱, 노루귀, 바람꽃, 피나물 등이 꽃 천지를 이루고 있었다.

우리는 너무 황홀해 잠시 정신을 잃고 꽃을 감상하다 김 변호사가 이곳은 다행히 사람이 많이 오지 않아 아직 원형이 잘 보전되어 있으니 아무에게도 알려주지 말자고 하였다.

그러나 계곡 입구에 강남 금식 기도원이 들어서며 일반에게 알려지기 시작하자 야생화도 하나둘 사라졌다.

지금은 노루귀 한 송이 찾으려면 한참을 헤매야 한다. 어느 날 KBS에서 화야산을 안내해 달라는 전화 부탁이 있어 편집 주간을 비롯해 야생화 전문가 촬영 팀 등 20여 명을 데리고 꽃산을 올랐다. 모두 야생화에 빠져 해가 저물어 가는데도 내려올 줄 몰랐다.

많이 훼손되었다고 해도 다행히 운곡암 위로부터 화전민 마을까지 아직 얼레지가 많이 남아있어 4월 식목일 이전 무렵 꽃이 피는 주말이면 50여 명의 사진작가들이 몰려 와 꽃을 찍느라 북새통을 이룬다.

지금 생각하면 운곡암 계곡 꽃 산을 처음 발견했을 때 기쁨이 너무도 커 오랜 추억으로 남았다 시 「**봄밤**」을 쓰게 되었다.

청보리밭 노고지리

두물머리 시문학회 모임을 갖기 시작한 지 일 년이 지난 어느 날 육십 대 후반으로 보이는 초로의 신사 한 분이 시를 배우겠다고 찾아왔다. 나보다 한 살 아래였지만 깍듯이 형님으로 모시겠다고 했다.

고등학교 수학 선생을 하다 퇴직 후 지금은 놀고 있다며 유머가 넘치고 영혼이 순수한 사람이었다. 첫사랑 소녀와 손만 잡아도 임신하는 줄 알고 손 한번 못 잡아 봤다고 좌중을 웃겼다. 술좌석에 가면 늘 내 옆에 앉아 고향 얘기를 많이 했다.

사월이 오면 소풍을 자주 가던 진달래 곱게 핀 망해사와 오월 김제들에 청보리가 누렇게 익어 물결치면 청잣빛 하늘에 종달새가 높이 떠 노래한다며 고향을 자랑하였다. 언젠가는 우리 문학회 회원들과 함께 고향에 꼭 가고 싶다고 했다.

어느 날 갑자기 간이 안 좋아 대학병원에 입원을 했다. 병원에서 계속 치료하라고 권했지만 웬일인지 집으로 돌아와 지내다가 돌아가셨다.

후에 들리는 말로는 종교 문제 등 갈등으로 사모님과 사이가 안 좋아 삶의 의욕을 잃고 병을 방치했다고 하였다. 그렇게 우리는 좋은 문우 하나를 잃었다. 강경상 문우를 허망하게 보내고 마음 둘 데 없어 한동안 방황하다 내 졸시 「**청보리밭 노고지리**」가 찾아왔다.

한도 많은 보릿고개

나는 시를 쓰면서 지명을 사용하려면 고심을 많이 한다. 지명 자체가 시에 지대한 영향을 미치기 때문이다. 지독한 가난과 배고픈 시절을 노래한 시 **「윤사월」**에도 장천재란 보릿고개가 나오는데 지명을 찾기 위해 문학 작품이나 지도를 뒤져 보기도 하였으나 마땅한 이름을 찾지 못해 고심하던 중 우연히 전남 장흥에 있는 장전재가 떠올랐다.

장흥 들녘에는 오월이면 보리가 누렇게 익어 황금물결을 이루고 있어 작품의 무대로 안성맞춤이었다.

장전재를 장천재로 바꾸니 시가 마음에 들었다. 관산에서 천관산 장전재를 넘어 회진 포구로 가는 길은 이청준의 자전적 소설 「눈길」의 무대로 두 모자는 차부가 있는 대덕으로 가기 위해 눈 내리는 새벽길을 아무 말 없이 걸어간다. 다시는 돌아올 수 없는 고향집을 뒤로 한 채…….

후일 임권택 감독은 이청준이 쓴 「선학동 나그네」를 원작으로 한 영화 「천년학」을 이곳에서 촬영하였다.

이청준은 아픔과 그리움, 애증이 교차하는 고향 회진을 끔찍이도 사랑하였다.

가을바람과 꼬막 맛

돈 버는 것도 귀찮아 개업의를 접고 과천에 은둔해서 살다가 지금은 과천시 보건원장을 하는 친구가 있다. 월급도 적당히 나오고 시간도 많아 좋단다. 가을바람 설렁설렁 부는 날 이 친구에게서 전화가 왔다. 날씨가 이렇게 좋은데 집에만 있을 거냐며 같이 여행을 가잔다.

옆에서 전화 소리를 듣던 아내가 '왜 신 박사는 여행만 가면 꼭 당신과 같이 가려는 지 이유를 모르겠다.' 고 볼멘소리하여 '이번에는 유섭이 엄마도 함께 간대, 당신도 같이 갈 준비나 해' 하고 아내의 어깨를 토닥여 주었다.

이번 여행지는 지리산 기슭 구례에 귀향해 살고 있는 고등학교 동창 네 집으로 정했다. 이 박사는 대학에서 정치학을 가르치다 평생 공부만 하고 산 것이 지겨워 지금은 연곡사 아래에 전원주택을 짓고 산과 음악에 빠져 살고 있는 친구다. 우리는 친구집에서 1박을 하고 같이 벌교로 갔다.

벌교는 온통 「조정래태백산맥문학관」으로 먹고 사는 지역 같았다. 먼저 무당 딸 소화가 살았던 소화네집으로 가보니 자그마한 일자집을 대나무가 둘러싸고 있었다. 마침 산들바람이 불어 대나무가 흔들리는 것이 소화의 혼령이 우리를 맞아 주는 것만 같았다.

소설집 『태백산맥』을 읽으며 가장 가슴 아팠던 대목이 무당 딸 소화와 대학을 다니다 빨치산이 된 지주 아들 정 하섭의 비극적 사랑이었다. 둘은 친고모와 조카 사이로 자신들은 모르는 채 근친상간을 저질렀다. 무당 월화가 소화의 출생 비밀을 아무에게도 말하지 않았기 때문이다.

소설가 조정래는 『태백산맥』에서 남녀의 사랑 장면을 그릴 때는 꼭 아내인 사랑 굿의 김초혜 시인에게 물어 자문을 구했다고 한다. 그래서 태백산맥의 사랑이 그렇게 리얼하고 아름다운가?

벌교에 왔으니 그 유명한 꼬막을 안 먹고 갈 수 없었다.

오늘은 아들이 연대 부교수가 된 턱으로 신 박사가 내겠다고 했다. 우리는 꼬막찜과 꼬막무침을 시켰다. 참꼬막찜의 짭조름하고 졸깃한 맛 촉촉한 육즙은 쉽게 집에 돌아와서도 한동안 그 오묘한 맛을 잊지 못해 하다가 「**벌교 꼬막**」이란 시를 쓰게 되었다.

금강에서 청둥오리를 낚다

낚시로 오리를 잡는다고 하면 사람들이 믿지를 않는다. 김용택 시인의 수필을 보면 시인의 고향 진뫼 섬진강에서 낚시로 오리를 잡는 얘기가 나오는데 내 방법과 꼭 같았다.

나는 전쟁 시절 피난살이를 금강 하구 군산에서 했다. 군산은 겨울철 눈이 많이 내리는 고장이다. 피난 시절 우리 가족은 강가에 움막을 짓고 살았는데 그때 친해진 이웃 원주민이 연식이 형으로 나이가 나보다 서너 살 위였던 것으로 기억된다. 형은 솜씨가 좋아 무엇이든 못하는 게 없는 재주꾼으로 내 또래 아이들이 많이 따르는 영웅이었다.

개구리로 참게를 잡는 개구리 낚시 법을 나에게 가르쳐 준 것도 연식이 형이었다. 눈이 펄펄 내리는 날 연식이 형이 나를 불러내어 강가에 있는 논 웅덩이로 가 얼음을 깨고 미끼로 쓸 송사리를 잡았다.

망둥어 낚싯바늘에 송사리로 채비를 하고 강가 갈대밭 근처 흰 눈이 쌓여 있는 장소에 미끼가 잘 보이도록 낚시를 설치하고 짧은 목줄로 낚시를 갈대 뿌리에 단단히 묶어 놓으면 그만이었다.

뚝 위에 엎드려 기다리다 청둥오리가 날아와 갈대밭에 앉으면 흥분으로 가슴이 벌렁벌렁 뛰었다. 몇 마리가 낚시에 걸려 푸덕이면 얼른 달려가 오리를 포대에 담고 또 기다린다. 많이 잡은 날은 열 마리가 넘어 형이 그중 두어 마리를 내 몫으로 주었다. 신이 나서 집으로 오면 엄마는 춥겠다며 내 등을 두드려 주시고 그날 저녁은 오리로 김치찌개를 끓이셨는데 그 맛이 이제껏 먹은 음식 중 최고였다.

삶이 고단했지만, 열 살 무렵 순수하고 호기심이 많았던 나에게 신이 내려주신 가장 소중하고 아름다운 추억이었다.

내 마음에 노스탤지어 동백

시인들이 가장 많이 노래하는 꽃이 무슨 꽃일까? 한 번쯤 궁금증을 가져볼 만하다. 어느 문학지에서 조사해 발표한 적이 있는데 1위가 동백 2위가 매화 3위가 모란이었다. 어느 꽃이 우리의 감성을 흔들어 울게 만드느냐는 사람마다 다르겠지만 눈 덮인 푸른 잎을 헤치고 잉걸불처럼 피어난 저 동백의 자지러지는 열꽃을 보면 어느 한 많은 여인이기에 저토록 속마음이 붉을까 짐작이 간다.

필자가 두물머리 시문학회 신년 시사에서 첫사랑과 인연 지어 생각나는 꽃을 참석한 시인들에게 물었더니 봉숭아, 코스모스, 복사꽃, 할미꽃, 나팔꽃, 진달래였다.

국내 이름이 있는 잡지사에서 특집 화보를 내기 위해 동백을 취재해 오라고 하여 기자는 서둘러 고창 선운사로 향했으나 동백은 이미 지고 땅 위에 떨어져 누운 꽃잎만 남아있었다. 할 수 없이 떨어진 꽃잎을 촬영해 잡지에 게재했더니 잡지사가 대박이 났다.

화보가 품절이 되고 재판을 준비하느라 출판사가 난리였다. 땅 위에 떨어져 누운 동백의 처연하도록 아름다운 선홍빛 꽃잎에 사람들이 매료되었던 것이다. 그래서 동백은 두 번 핀다는 말이 있다. 나무에서 한 번, 땅 위에서 한 번. 17세기 초 동백이 처음으로 일본에서 유럽으로 전래되었을 때 유럽 사람들은 동양의 꽃 동백에 매료되어 여자들은 사교 모임에서 장미 대신 동백꽃으로 머리를 장식했다.

얼마나 동백이 인기였으면 베르디가 오페라 라트라비아타(동백 아가씨)를 작곡하여 파리 오페라 좌에서 성황리에 공연했을까.

어느 해 남도를 여행하다 자그마한 포구에서 만난 눈 내리는 동백이 하도 서러워 오래 기억에 남았다 시 **「동백의 순정」**을 쓰게 되었다.

만두는 두레밥상이다

설에 먹는 음식 중 만두만 한 게 있을까. 내 고향에서 지내던 설은 만두가 없으면 안 되었다. 해안에 접하고 구월산을 끼고 있는 은율과 장연지역은 북한에서 눈이 많이 내리기로 이름난 고장이다.

겨울철 눈이 내려 쌓이면 할아버지는 매사냥을 준비하셨다. 젊은 몰이꾼 서너 명을 데리고 산에 오르면 할아버지는 구럭 가득 꿩을 잡아 오셨다.

매에게 생닭을 먹일 때는 닭을 새끼줄에 매달고 양쪽에서 잡고 흔들어 주어야 매가 달려들어 먹었다. 그 한쪽을 담당하는 게 내 몫이었다.

가마솥에 꿩 만두 삶는 냄새에 아궁이 곁을 떠나지 않고 있다가 만두 빚을 때 생긴 밀가루 자투리를 불에 구워 먹던 추억이 새롭다. 우리 황해도식 만두는 크기가 복주머니만 하고 피를 만들 때 반죽은 메밀가루에 밀가루를 섞어 사용하여 맛이 구수하다. 고기는 주로 꿩을 사용하였다.

만두는 여럿이 둘러앉아 만드는 음식이다. 만두를 빚으며 도란도란 정담도 나누고 한 해의 고단했던 삶도 만두피 속에 담는다. 먹을 때도 둘러앉아 이건 누구 만두 저건 누구 만두 하며 빚은 모양새 따라 평하며 웃음꽃이 핀다.

만두에는 김치 숙주나물 두부 당면 다진 고기가 만두피 속에서 서로 어우러져 깊은 맛을 낸다. 그런 이유로 만두는 두레밥상이다.

설날 밖은 소복소복 눈 내리고 따뜻한 방안에 둘러앉아 만두를 빚던 옛 기억이 새로워 시 「**만두**」를 쓰게 되었다.

망향의 노래

고향을 사랑하지 않는 사람이 어디 있으랴. 그곳이 비록 애증과 아픔의 상처만을 남겨 준 곳일지라도 운명처럼 찾아드는 그리움만은 어쩔 수 없다.

고향은 우리에게 영혼과 육신을 주었고 생명의 원천인 흙으로 나를 키웠다. 고독한 사슴의 시인 노천명은 '언제든 돌아가리 고향으로' 라고 고향의 그리움을 노래했다. 목화꽃이 곱게 피고 찔레 순을 꺾던 지난날을 추억하며 작가는 시 「망향」을 썼다.

노천명 시인은 나와 동향이다.

두엄더미 옆에 키다리 접중화(접시꽃)가 붉게 피고 밤하늘에 별이 쏟아지던 고향집마당에 멍석이 깔리면 부엌에서 갓 쪄 내온 옥수수를 먹으며 가족들은 둘러앉아 도란도란 이야기꽃을 피웠다. 모깃불 타는 연기가 매캐하고 헛간 지붕 위 하얀 박꽃이 섬뜩 해 무서워진 아이들은 엄마 품속을 파고들었다.

어머니께서 무쳐 주시던 맛 좋은 구월산 나물, 곰녕 갯벌에서 속 살 오른 참조개의 쫄깃한 맛, 흰 눈 내리는 겨울, 밤참으로 먹던 꿩만두 짠지두부의 황홀한 맛을 어찌 잊으리.

나날이 흰 머리는 늘어만 가는데 두고 온 고향 집은 점점 멀어진다. 살아생전 내 고향 용암리 진산에 걸린 아름다운 노을을 한 번 더 볼 수 있으려나.

오늘도 허황된 꿈을 꾸다 마음의 시 「**내 고향**」을 썼다.

벌초하는 날

요즘도 여행하다가 잘 손질된 산소를 보면 기분이 좋다.

내가 이곳 서후리로 내려온 후 동네 사람들이 조상의 산소를 정성스레 관리하는 것을 보고 내가 참 좋은 마을로 이사 왔구나, 하는 생각이 들었다.

8월 들어 입추가 지나면 온 동네에 왜앵앵 예초기 돌아가는 소리가 시끄럽지만 그게 싫지만은 않았다.

자그마한 땅을 마련하여 가족 산소를 만들고 아버님을 모신 후 나도 칠순이 다 된 몸으로 예초기를 메고 산소를 깎는다. 힘은 부치지만 잘 깎여진 산소를 보면 기분이 좋다. 산소로 굴러 떨어진 잣송이를 주워 모으니 한 자루 가득이다.

우리 마을 잣은 알이 실하게 들어 상인들에게 인기가 좋다. 요즘 세태가 벌초는 대행업체에 맡기고 차례는 관광지 호텔에서 지낸다는데 자손이 찾지 않는 산소는 배가 고파 봉분이 홀쭉하다.

서글픈 생각이 들다 시상이 떠올라 시 「**벌초**」를 쓰게 되었다.

비슬산 진달래

어느 날 동네 이장님이 서후리 율현재로 나를 찾아왔다.

사연인즉 면사무소에서 당신네 마을에 시 쓰는 박 아무개라는 사람이 살고 있다고 하니 연락처를 알아 오라는 부탁을 받았다고 했다.

다행히 대구문화원 측과 전화가 연결되어 대화를 나누게 되었다. 대구 달성군에 가면 비슬산이라는 1,000미터가 넘는 산이 있는데 대구시 달성구에서는 매년 진달래가 피는 4월이면 참꽃축제를 성대하게 여는데 마땅한 행사詩를 찾던 중 내 졸시 「진달래」를 보았다는 것이다.

한국 시 대사전에 내시 진달래가 수록되어 있어 거기서 찾았다고 했다.

그러면서 금년 축제에는 기념 시집도 발간하려 하니 시도 한 편 보내 달라고 하여 **「비슬산 진달래」**를 새로 써서 보내주었다.

비슬산에는 삼국유사를 쓴 일연스님의 자취가 많이 남아있는 곳이다. 스님은 이곳 대견사, 도성암에 머물며 역사의 큰 물줄기를 가른 명저 『삼국유사』를 썼다.

대견사 위쪽에서 시작하여 천왕봉까지 지달래 군락이 수십만 평에 이르러 국내 제일의 진달래꽃 단지다. 마치 온 산에 꽃불을 질러 놓은 것 같아 평생 장터나 떠돌던 소리꾼이 처음 득음하고 폭포 줄기로 내지르는 완창 한 마당이었다.

아바이 수령도 반한 목란

평창은 언제 찾아도 실망하지 않는 관광지이다. 월정사 울창한 전나무 숲의 기개가 나에게 새로운 힘을 주는 것 같아 자주 가는 편이다.

2016년 5월 '2018평창동계올림픽 성공개최 기원시집인『시인들, 평창을 노래하다』발간에 한국시인협회 전 회장 오세영 시인 외 241명과 함께 참여하면서 평창과는 인연이 더 깊어졌다.

시의 주제는 올림픽과 평창의 자연 및 문화유산에 한정하였다. 그 기념 시집에 **「상원사 가는 길」**이란 시를 출품했는데 내 시가 리듬감이 있다고 하여 행사 낭송시로 결정되었다.

낭송하려 단위로 오르니 내 시의 일부 구절이 변형되어 '어버이 수령도 반한 목란'이 '아바이 수령도 반한 목란'으로 바뀌어 있었다. 주최 측에 항의했더니 국가보안법 때문에 아직 공식 석상에서는 어버이 수령이란 단어는 사용할 수 없단다. 더욱이 올림픽처럼 큰 국제행사에는 당국이 예민하여 예전 같으면 선생께서 보안당국에 끌려갔을 것이라고 겁을 주었다. 존칭이 아닌 일반 명사 '아바이 수령'이라고 하면 보안법에 저촉되지 않는다고 알려주었다.

목란은 김일성이 사랑하여 북한의 국화가 되었다. 상아빛 꽃잎과 자주색 화심이 우아하고 향기는 절 경내를 넘어 사하 촌까지 이르렀다. 평북 묘향산에 집단 서식지가 있고 남녘에서는 찾아보기 힘들다.

그런데 오월이면 월정사에서 상원사로 오르는 선재길 따라 목란이 무더기로 피어있었다. 목란에 취해 별다른 생각 없이 어버이 수령이란 말을 시 속에 사용했다가 하마터면 감옥에 갈뻔 했다.

옥화네 주막에 술 익는 소리

쌍계사 아래 화개장터에 가면 김 동리 소설 「역마」의 술집을 재현해 놓은 옥화주막이 있다. 운 좋으면 가야금 소리를 감상하며 꽃술 한잔 마실 수 있다.

여러 해 전 지리산 칠불암을 다녀오는 길에 사하촌 민가에서 차 한 잔 얻어 마신 적이 있는데 그때가 가을이라 시골집 돌담장 아래 석류가 빨갛게 익어 매달려 있었다. 완숙한 석류가 제 가슴을 열고 보여주는 석류 알 하나하나는 마치 진주알 같았다.

칠불암은 쌍계사 사하촌에서 한나절 걸어야 닿을 수 있는 먼 거리다.

이 길을 역마의 비극적 주인공 성기와 계연이가 어머니 옥화의 심부름으로 초파일에 시주 물을 전하려 암자에 오르며 둘이 애틋한 사랑을 나누었던 곳이다. 나중 그들은 자신들은 전혀 모르는 채 이모와 조카 사이로

알려져 가혹하게 이별하게 된다. 오랜 죽음의 상사병을 털고 일어 난 성기는 엿판을 마련해 달라고 어머니께 부탁하고 엿판을 등에 진 성기는 어디에 있는지도 모르는 계연이를 찾아 방랑의 길을 떠난다.

여인의 마음속 깊이 응어리진 사랑의 아픔을, 그 한을 어찌하

면 좋을까. 순간 천진한 계연이의 사랑이 초여름 장독대 위에 핀 석류꽃 이미지로 내게 다가왔다.

문학사상 유래가 없는 가장 비극적인 이별로 회자되는 두 사람의 애 터지는 사랑이 오래 두고 기억에 남아 시 「**석류**」를 쓰게 되었다.

어머니 밥그릇

우리 가족은 배고픈 피난 시절을 금강 하구에 있는 군산에서 보냈다. 피난민을 실은 배가 군산항에 내려놓아 우리는 졸지에 고향을 잃고 떠돌이 신세가 되었다. 시 당국에서 피난민 구제를 위해 수도 관로 사업을 시행하고 참가자들에게 일당으로 겉보리 두 됫박을 주었다.

아침 밥상에 어머니 밥그릇이 흉내만 내고 텅 비었다. 어머니는 오늘도 몰래 부엌으로 가시어 냉수로 빈 배 채우시고 일터로 가시리라 생각하니 보리밥이 깔끄러워 넘어가지 않았다.

우리 남매는 서로 눈짓을 하며 배부르다는 핑계를 대고 밥을 남겼다가 된통 매만 맞았다. 그때 어머니도 우시고 나도 눈물로 밥을 말아 먹으며 꺼억꺼억 울었다.

정월 대보름 떠오른 달님에게도 맛있는 음식만 빌었던 배고픈 시절이었다. 이웃집 아이들이 깡통을 들고 인근 마을로 가 밥과 보름나물을 얻어다 먹는 게 부러워 나도 가겠다고 말했다 어머니가 크게 노하시어 니들이 거지새끼냐고 하시며 종아리에 피가 맺히도록 매를 드시었다. 어머니는 바닥에 주저앉아 통곡하시고 우리 남매는 잘못했다고 빌었다.

어머니는 친분이 있는 명자 할머니 댁에 가시어 농번기에 일을 도와주기로 약속하고 저녁거리를 얻어다 쌀밥에 갖은 나물

고등어구이까지 맛있는 대보름 밥상을 치리시었다.

생각하면 매를 드시는 어머니 가슴은 오죽했을까 인고의 세월을 보내시느라 얼마나 서럽고 힘드셨을까.

그리운 마음으로 「**어머니 밥그릇**」이란 시로 대신합니다.

지리산에 답하다

지리산.

그 이름이 그리워 불러 보면 빈 메아리뿐 대답은 없다. 민족의 영산인 지리산. 우리 민족이 아픔으로 몸부림칠 때마다 지리산은 그 너른 품으로 민족의 슬픔을 끌어안았다.

나의 지리산과의 인연은 깊다.

중학교 시절 이웃에 고등학교 체육 선생님이 사셨는데 어느 해 여름방학 때 선생님이 가르치는 학생들을 데리고 지리산을 간다고 하여 나도 따라가겠다고 졸라 억지로 일행에 끼게 되었다.

선생님은 장교로 빨치산 토벌군을 지리산 직접 지휘하신 분으로 지리산에 밝았다.

우리는 빨치산 근거지 피아골을 지나 노고단까지 올랐다. 전쟁 직후라 피아골에는 조릿대를 잘라 내고 만든 공비들의 통로가 그대로 있고 노고단 정상에는 전사자들이 잠든 무덤들이 원추리꽃 무리와 어울려 민족상잔의 슬픔을 자아내고 있었다.

지리산 둘레길 순례를 꿈꾸다가 어느 해 가을, 아내와 함께 막내아들의 도움을 받아 길을 떠났다. 무심히 등구재 둘레길을 넘으려는데 지리산 연봉을 보니 나도 모르게 몸이 달아오르고 골마다 선혈이 흐른다.

사랑의 도피자 『토지』의 별당 아씨와 구천이 넋은 어느 골짜기를 헤매고 있을까. 버림받은 빨치산 총대장 이현상은 형제봉 어느 기슭에서 통곡할까?

소설 『태백산맥』의 빨치산 지도자 염상섭은 율어 어디쯤에서 오늘도 해방구를 꿈꿀까?

일제 강점기부터 6.25 사변까지를 무대로 소설가 이병주 선생이 쓴 『지리산』은 역사에 남을 대하소설로 평가받았고 조정래가 지리산 빨치산을 소재로 쓴 소설 『태백산맥』은 이제까지 천만 부가 팔려 최고의 베스트셀러가 되었다.

신동엽 시인의 장편 연작시 『금강』처럼 지리산을 소재로 연작시 하나 쯤 나옴직 한데 아무도 나서지 않으니… 나라도 능력이 되면 지리산 연작시를 쓰련만 나이도 그렇고 내 실력으론 어림도 없어 그냥 꿈으로 간직할 수밖에.

온몸으로 민족의 아픔을 껴안은 지리산 혼령들을 위로하고 달래기 위해

뭔가는 해야만 될 것 같아 내 졸작 시 「**지리산**」을 쓰게 되었다.

지음知音은 언제나 자유인

언제나 유랑하듯 사는 친구가 있다.

친구 중에 머리가 제일 좋은 사람으로 알려진 자유인이다. 독서를 좋아해 동서양 문학을 비롯하여 철학, 역사, 문화, 미술, 음악까지 모르는 게 없다. 대학에서 심리학을 전공했지만, 감수성이 풍부해 나는 그 친구가 작가가 될 줄 알았다. 인물이 좋고 아는 것이 많아 항상 여자들에게 인기가 있었으나 우리 친구 와이프에게는 그게 아니었다.

그 이유는 어느 해 봄, 본인의 결혼식이 있으니 이번 주 토요일 오후 도봉 산장으로 꼭 오라는 거였다.

결혼해 아들 둘을 낳고 잘 사는 줄 알았는데 뜬금없이 결혼이라니 의아해하며 식장으로 갔더니 손님은 아무도 없고 초대받고 간 우리 친구들뿐으로 신부는 20대 초반에 새파랗게 젊은 여자였다. 사정이 있어 정식으로 결혼할 수는 없고 그냥 지나갈 수도 없어 친구들 앞에서 이렇게 약식 혼인 이나마 예를 갖추는 게 신부에 대한 도리인 것 같아 불렀으니 이해해 달라고 했다.

중학교 교사를 하는 부인과는 아들 둘을 엄마가 맡는 조건으로 이혼했다고 했다. 그 후 친구는 마음의 안정을 잃고 유목 같은 생활을 하게 되었다. 어려운 생활 중에도 돈이 생기면 친구들을 불러 아낌없이 한 턱을 내는 멋있는 친구였다.

춘추시대 진나라에 거문고 달인 백아는 자기 연주를 가장 잘 이해하고 감상해 주던 친구 종자기가 죽자, 백아는 스스로 거문고 줄을 끊고 다시는 거문고를 연주하지 않았다. 후세 사람들은 두 사람 사이의 각별한 우정을 일컬어 지음知音이라 했다.

친구와 나는 정서가 비슷해 자주 어울리는 사이로 세상에서 내 시를 가장 사랑하고 이해해 주었다. 때로는 혹독한 평가도 마다하지 않는 친구였다. 둘이 만나 문학에 관한 담론을 나눌 때가 우리는 가장 행복하고 순수했다.

시가 안 되어 어려울 때 나를 격려해 주는 유일한 친구였다.

너무도 순수해 매사에 계산할 줄을 몰라 그의 세상살이가 어려운 것 같아 마음이 아팠다.

감히 지음이란 말을 함부로 쓸 수 없지만 친구를 위해 「**지음知音**」이란 시를 쓰게 되었다.

진달래꽃은 붉어라

나에겐 어린 나이에 일찍 세상을 떠난 누이가 하나 있다. 이모네가 사정이 있어 우리 집에 맡겨진 사촌 누이였다. 삼대독자 외아들로 태어나 많이 외로웠던 나는 너무나 기뻐서 친동생 이상으로 사랑하였다.

소연이는 심장 판막증을 앓고 있어 학교도 제대로 못 다니고 집에 있는 날이 많았다. 내가 학교에서 돌아오면 달려와 매달리며 그렇게 좋아할 수가 없었다.

소연이는 내가 들려주는 옛날얘기를 유난히 좋아해 조르고 또 졸랐다. 가끔 병이 심해지면 입술이 파랗게 변하면서 호흡곤란으로반 주검이 되었다.

내가 대학 친구들과 단풍 구경을 하려고 북한산에 올랐다.

집에 온 저녁, 분위기가 이상해서 안방 문을 열고 들어가니 한가운데 흰 이불로 덮인 소연이가 잠들어 있었다. 어머니 말씀이 소연이가 죽기 전 오빠, 오빠 애타게 부르며 나를 찾았다고 했다.

나는 슬픔을 못 이겨서 엉엉 소리 내어 울었다.

내가 사는 동안 그렇게 많이 울어 본 적이 없었다.

소연이를 소사 덕고개 공동묘지에 묻고 돌을 쌓아 표시한 후, 내가 돈을 벌면 다시 제대로 된 봉분을 만들어 주리라 다짐

했다.

대학을 졸업하고 은행에 취직한 후, 소연이 산소를 찾았을 때는 개발사업으로 덕고개 공동묘지는 중장비로 밀어 버려 흔적도 없이 사라진 뒤였다. 너무 참담한 나머지 넋을 잃고 앉았다가 주위 야산을 바라보니 죽은 자들의 넋인 양 진달래가 무리지어 처연하게 피어있었다.

어느 도서관 초청 문학 강연에서 무엇이 시를 쓰게 하는가? 라는 주제에 나는 서슴없이 소연이의 죽음이 나에게 시를 쓰게 했다고 답했다.

소연이의 죽음이 감당할 수 없는 큰 슬픔을 나에게 안겨줘 그것이 내가 시를 쓸 수 있는 원동력이 되었다고 많은 날이 지나갔어도 그날의 일들을 잊지 못해 헤매다가 어느 날 소연이가 시 **「진달래」로** 나를 찾아왔다.

솔모로 외갓집 가는 길

유년 시절에 오래 남은 추억 중 하나가 외갓집 나들이가 아닐까, 생각한다. 어머니가 외가에 가실 눈치가 보이면 마음은 앞질러 한내를 건너 새터 들녘을 달린다.

시오리 외갓집 길은 설렘으로 수 놓은 길. 민들레가 피고 보리밭 창공에 종달새가 노래하는 꿈길을 걸어가면 저만치 샛노랗게 개나리꽃으로 울타리 친 외갓집이 보인다.

외갓집 마당 커다란 고목에 부엉이가 살고 가끔 갑진재에서 여우가 내려와 닭을 물고 갔다. 외가에서 내온 맛있는 음식을 먹다 보면 과식하게 되고 뒷간이 외져 한밤중 화장실 갈 일이 걱정이었다.

호롱불 아래서 이모가 들려주는 옛날이야기가 너무 재미있어 더 외가에 가고 싶었는지도 모른다.

어느 해 막내 외삼촌이 결혼한다고 하여 너무 좋아 깡충거리며 길을 나섰지만 나중에는 힘들어 아버지 등에 업히어 갔다. 외가는 혼인 준비하느라 녹두부침개 부치는 돼지기름 냄새가 집 안 가득했다. 앞마당에 기러기 초례청 차려지고 신랑 신부 맞절 후 가례주 한 잔을 마시고 식후 피로연이 시작되었다.

나는 사람들 사이를 비집고 신부 가장 가까운 자리에 앉았다. 누가 신부에게 노래를 청하자, 몇 번을 사양하던 신부가 노래를 시작했다.

> 먼 산에 진달래 울긋 불긋 피었고
> 보리밭 종달새 우지 우지 노래하면
> 아득한 저 산 너머 고향집 그리워라
> 버들피리 소리 나는 고향집 그리워라

진초록 본견 저고리를 입고 노래하는 함초롬한 작은 외숙모의 모습이 선녀 같아 못내 잊지 못한다.

그날 나는 혼자서 외갓집을 찾아 나섰다가 물방앗간 근처에서 길을 잃어서 한바탕 소동이 일어났다.

결혼 후 공산당 가입 사실이 밝혀져 작은외삼촌은 처형이 되었고 짧은 신혼생활 외숙모에게서 발하던 그 찬란한 빛도 깊은 어둠 속에 빠졌다.

나중 고녀에 다니던 이모에게 물어 외숙모가 부른 노래가 **「망향」**이라는 가곡임을 알았고 그 노래가 내 평생 애창곡이 되었다.

젊은 날의 초상, 방우

『사람의 아들』의 작가 이문열이 쓴 젊은 날의 초상을 대학 재학 시절 읽었던 것으로 기억된다. 작가는 대학을 중퇴하고 방황하며 한겨울 경북 울진 지역을 떠돌며 방우 생활을 했다.

〈방우〉란 물을 긷고 나무하는 등 허드렛일을 하는 머슴을 일컫는 경북지역 방언이다.

『젊은 날의 초상』은 이문열의 초기 자전적 작품으로 작가에게는 첫사랑과 같은 존재로 젊은 날의 애환과 고뇌가 잘 나타나 있다.

더욱이 이문열은 아버지의 월북으로 연좌제에 묶여 당시는 정상적인 사회생활이 어려웠다.

당시 평해 지역은 담배 수매가 활발, 경기가 좋아 주막마다 여자들이 그득했다.

이문열은 주막에서 잔심부름하며 방우 생활을 했다. 생김새가 여자들이 좋아할 상이라 주위의 여자들이 가슴을 설레었다. 게다가 서울대 중퇴생이라니 여자들의 로망이었다.

경북 동해안 지역은 한번 눈이 내리기 시작하면 끝이 없다.

〈방우〉란 모국어가 내 가슴에 오래 머물다 긴 세월 지나 한 편의 시로 나를 찾아왔다.

내 시어의 어원

나는 시를 쓰면서 작가들이 찾아낸 보석 같은 모국어들을 즐겨 사용한다.

예를 들자면 나의 졸시 「진달래 순정」에서 '진달래 애 터지게 붉던 봄날'의 〈애 터지게〉와 「가을은 소리로 온다」에서 〈솨르르 솨르르〉 가랑잎 굴러가는 소리 등은 소설 『혼불』의 작가 최명희가 찾아낸 모국어이다.

최명희 작가는 해동기 얼음장 속의 여울물 소리를 찾아내기 위해 일주일을 매일 남원 요천에 나가 소리를 들으며 〈소살 소살〉이란 아름다운 모국어를 찾아냈다.

새로운 언어의 보고인 혼불은 근대사의 가장 뛰어난 작품으로 인정받는다. 필자도 12권 전편을 3회 이상 정독했던 것으로 기억된다.

예술은 이렇게 치열하지 않으면 탄생하지 않는다.

최명희는 『혼불』의 완성을 위해 암을 치료하지 않은 채 자기 심장의 피를 철필로 찍어 한 자 한 자 원고지에 혼불을 새겨나갔다.